1 **Barre** ce qui est faux.

52 + 10 = 62	31 – 10 = 20	25 – 10 = 15
66 – 10 = 57	57 + 10 = 47	44 – 10 = 54
18 + 10 = 28	38 – 10 = 48	29 + 10 = 62

2 Pimpin se déplace dans le tableau des nombres en suivant le code. **Colorie** son chemin.

31	+ 10	+ 10	+ 1	+ 1	– 10	– 10	+ 1	....

0	1	2	3	4	5	6	7	8	9
10	11	12	13	14	15	16	17	18	19
20	21	22	23	24	25	26	27	28	29
30		32	33	34	35	36	37	38	39
40	41	42	43	44	45	46	47	48	49
50	51	52	53	54	55	56	57	58	59
60	61	62	63	64	65	66	67	68	69

Ajouter et enlever 10 à un nombre

1 **Relie** le calcul à son résultat.

40 + 10	20	10 + 10
20 + 10	30	30 + 10
50 – 10	40	40 – 10
30 – 10	50	60 – 10

2 **Complète** les calculs.

.... + 10 = 43

.... + 10 = 27

.... – 10 = 43

.... – 10 = 27

3 **Problème**

Il y avait **17** poissons dans l'aquarium.
Le chat en a mangé **10**.
Combien en reste-t-il ?

Il reste .... poissons.

1 **Calcule** le résultat de chaque enfant.

Qui est le gagnant ?

Éthan

.... + ... = ...

Romain

.... + ... = ...

C'est .... qui a gagné.

2 **Colorie** ce qui est juste.

50 + 30 = 80	60 – 10 = 50	90 – 30 = 50
80 – 20 = 50	50 + 40 = 90	50 + 20 = 80
70 – 20 = 50	30 + 30 = 60	70 – 30 = 50

3 **Problème**

Il y avait **70** abeilles dans la ruche.
40 sont sorties.
Combien en reste-t-il ?

Il reste .... abeilles.

1 **Relie** le calcul à son résultat.

20 + 20	30	30 + 30
20 + 40	40	60 – 20
60 – 10	50	30 + 20
10 + 30	60	50 – 20

2 **Complète** les calculs.

.... + 20 = 40

.... – 30 = 40

.... + 30 = 40

.... – 30 = 30

3 **Problème**

Il y avait **40** poissons dans la mare.
Le chat en a mangé **20**.
Combien en reste-t-il ?

Il reste .... poissons.

Comprendre le triangle de calculs

7

4 + 3 = 7

3 + 4 = 7

7 – 3 = 4

7 – 4 = 3

4 3

1 À ton tour, ✏ **écris** les calculs.

......

.... + ... = ...

.... + ... = ...

.... – .... = ...

.... – .... = ...

....

......

.... + ... = ...

.... + ... = ...

.... – .... = ...

.... – .... = ...

....

1 **Écris** les calculs possibles.

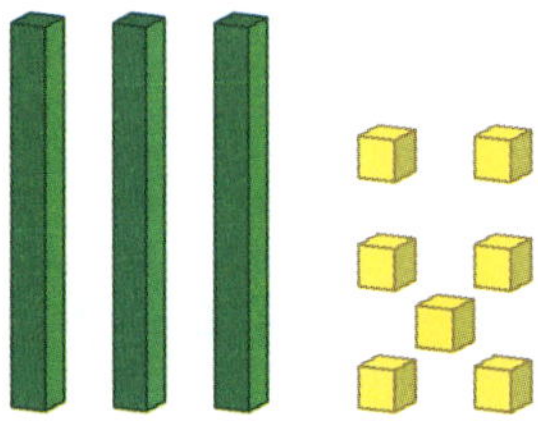

......

.... + ... = ...

.... + ... = ...

.... − .... = ...

.... − .... = ...

....

......

.... + ... = ...

.... + ... = ...

.... − .... = ...

.... − .... = ...

....

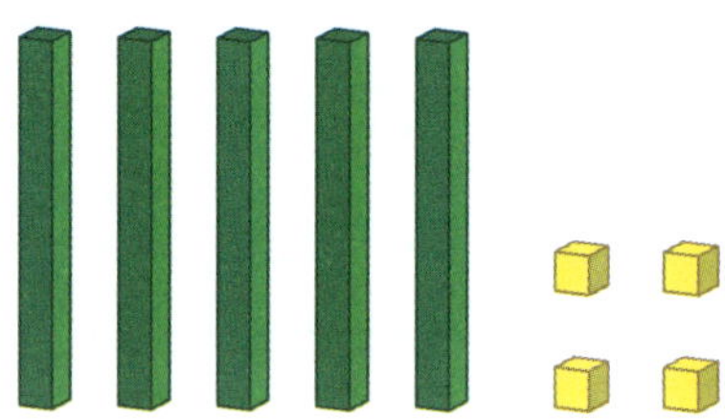

2 **Problème**

Il y avait **68** abeilles dans la ruche.

60 sont sorties.

Combien en reste-t-il ?

Il reste .... abeilles.

1 Complète les tableaux.

+	6	4
23	→ 29	....
52	....	....
41	....	....

–	3	5
36	....	....
47	....	....
29	....	....

2 Colorie ce qui est juste.

52 + 3 = 55	67 – 3 = 37	75 – 5 = 70
69 – 7 = 62	51 + 6 = 58	23 + 2 = 28
73 – 4 = 77	34 + 5 = 39	78 – 7 = 71

3 Problème

Nathan veut acheter un drone à **55 €** et un sachet de bonbons à **3 €**.
Combien va-t-il payer en tout ?

Il va payer ....

1 **Complète** les arbres de calcul.

53 + 24

… + …   … + …

……. + …….

…….

36 + 41

… + …   … + …

……. + …….

…….

2 **Calcule** avec un arbre de calcul si besoin et **complète** le tableau.

31 + 45 = 76

+	45	23	14	32
31				
12				
24				

3 **Problème**

Lizzie collectionne des images d'animaux. Elle en a **42**.
Sa maman lui en achète **26**.
Combien en a-t-elle maintenant ?

Elle en a ……. .

1 **Calcule.**

35 + 23

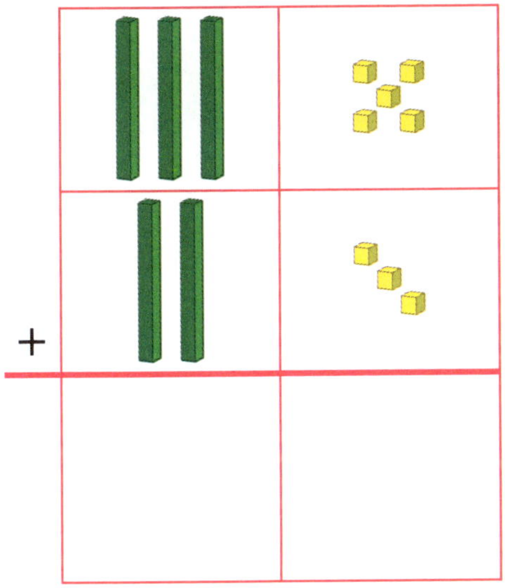

43 + 16

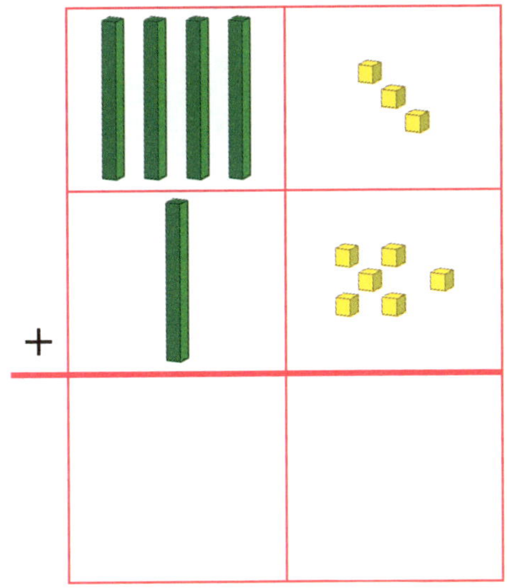

2 **Calcule.**

	5	0
+	2	8
	.....	.....

	4	1
+		7
	.....	.....

	5	5
+	1	3
	.....	.....

3 **Problème**

Pimpin a ramassé **52** carottes dans son jardin. Le lendemain, il en a ramassé encore **27**.
Combien a-t-il ramassé de carottes en tout ?

Il a ramassé .... carottes.

1 Calcule.

56 + 23

	●	●
+	●	●
	.....	.....

17 + 32

	●	●
+	●	●
	.....	.....

2 Calcule.

	4	0
+	1	9
	.....	.....

	6	1
+	2	6
	.....	.....

	4	7
+	3	2
	.....	.....

	2	5
+	2	1
	.....	.....

3 Problème

Tim collectionne des images d'animaux.
Il en a **53**. Sa maman lui en achète **24**.
Combien en a-t-il maintenant ?

Il en a ....

1 1+3 **Calcule.**

27 + 65

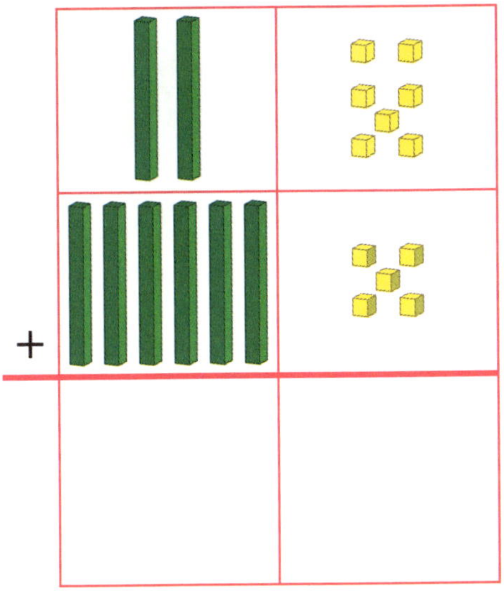

42 + 39

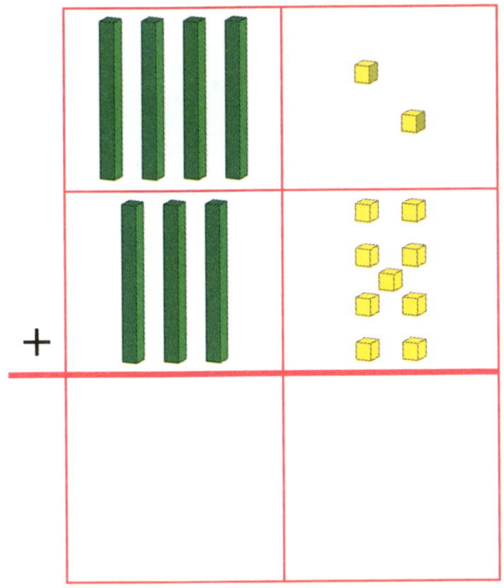

2 1+3 **Calcule.**

	2	5
+		9
	......	......

	7	8
+	1	4
	......	......

3 **Problème**

Pimpin a ramassé **67** carottes dans son jardin. Le lendemain, il en a encore ramassé **24**.

Combien a-t-il ramassé de carottes en tout ?

Il a ramassé .... carottes.

1 Pose et calcule.

57 + 14

16 + 48

55 + 7

64 + 28

32 + 67

42 + 29

2 Problème

Taylor collectionne des images d'animaux. Elle en a **57**.
Sa maman lui en achète **36**.
Combien en a-t-elle maintenant ?

Elle en a ....

Connaître les doubles des nombres jusqu'à 50 et les moitiés jusqu'à 20

1 Colorie ce qui est juste.

20 + 20 = 40	50 + 50 = 90	25 + 25 = 50
25 + 25 = 40	15 + 15 = 30	50 + 50 = 100
40 + 40 = 80	20 + 20 = 30	30 + 30 = 60

2 Complète.

Le double de 40, c'est ....
Le double de 30, c'est ....
Le double de 20, c'est ....
Le double de 50, c'est ....
Le double de 15, c'est ....
Le double de 25, c'est ....

La moitié de 16, c'est ....
La moitié de 10, c'est ....
La moitié de 18, c'est ....
La moitié de 14, c'est ....
La moitié de 12, c'est ....
La moitié de 8, c'est ....

3 Problème

Il y avait **60** poissons dans la mare.
Le chat en a mangé la moitié.
Combien en reste-t-il ?

Il reste .... poissons.

Connaître les doubles des nombres jusqu'à 50 et les moitiés jusqu'à 20

1 **Barre** deux à deux le calcul et son résultat pour trouver l'intrus.

Qui est l'intrus ?		
40 + 40	20 + 20	25 + 25
50	30	80
60	30 + 30	40

Qui est l'intrus ?		
30	50 + 50	30 + 30
60	15 + 15	100
40	20 + 20	50

Qui est l'intrus ?		
La moitié de 20	6	La moitié de 12
La moitié de 14	La moitié de 16	10
9	7	8

2 **Problème**

Pimpin a ramassé **50** carottes dans son jardin.
Son voisin lui en a volé la moitié.
Combien lui reste-t-il de carottes ?

Il lui reste .... carottes.

1 **Calcule** comme dans l'exemple.

20 + 30 + 20 = 40 + 30 = ...

30 + 30 + 10 = ... + ... = ...

6 + 40 + 40 = ... + ... = ...

2 **Calcule** le résultat de chaque enfant.
Qui est le gagnant ?

Arthur

.... + ... + ... = ...

Tim

.... + ... + ... = ...

C'est .... qui a gagné.

1 **Calcule** le montant et **complète** les calculs.

20 + 21 = [20 + 20] + 1

= ....

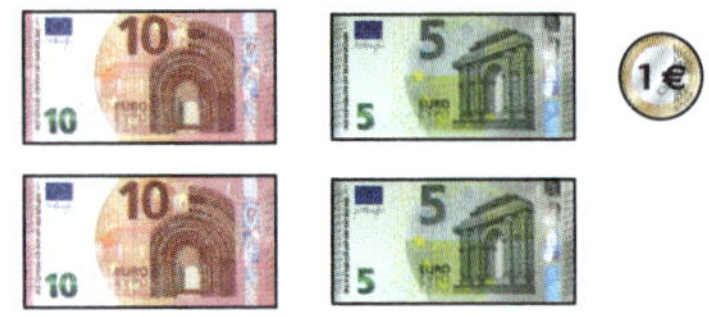

16 + 15 = [....... + ...] + ...

= ....

2 **Calcule** en prenant appui sur les doubles.

[20 + 20] + 3 = ...

[30] + 5 + [30] = ...

50 + 50 + 2 = ...

15 + 15 + 7 = ...

8 + 10 + 10 = ...

40 + 40 + 6 = ...

25 + 4 + 25 = ...

20 + 9 + 20 = ...

3 **Problème**

Robin achète ses affaires de plage : une serviette à **25 €** et un maillot de bain à **24 €**.

Combien va-t-il payer ?

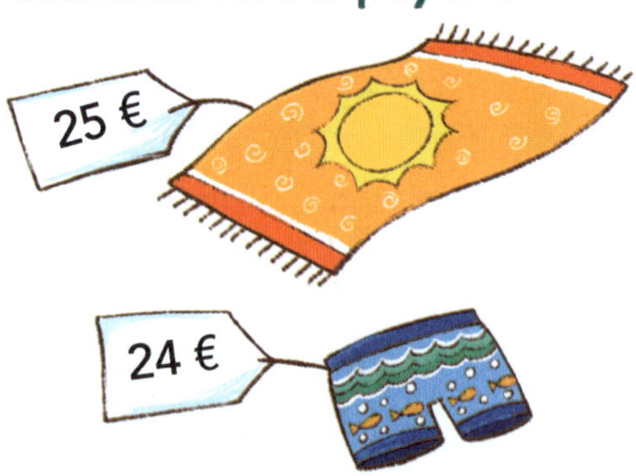

Il va payer ....

1 **Complète** le quadrillage de droite comme le modèle.

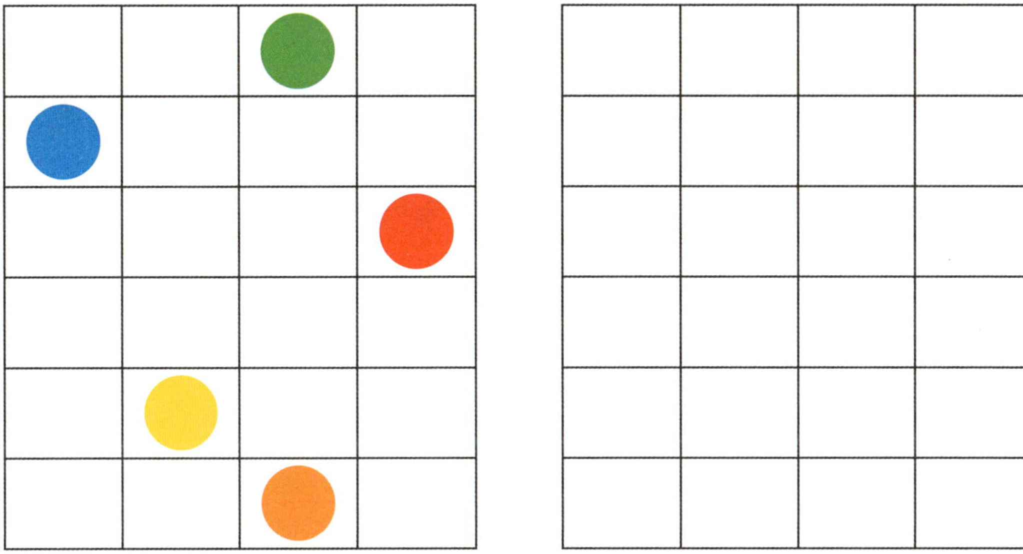

2 **Code** la place des animaux et de la carotte.

	1	2	3	4	5
A					
B					
C					
D					

 (....... ; ....)

 (....... ; ....)

 (....... ; ....)

 (....... ; ....)

1 Les souris sont cachées dans le quadrillage.

Colorie la case de la couleur de la souris.

	1	2	3	4	5
A					
B					
C					
D					

(B ; 3)

(C ; 1)

(A ; 4)

(D ; 2)

2 **Colorie** les cases selon les codes.

	1	2	3	4	5
A					
B					
C					
D					

(A ; 2)
(C ; 4)
(D ; 2)
(A ; 3)
(A ; 4)
(B ; 4)
(C ; 2)
(D ; 4)
(B ; 2)
(C ; 3)

Quelle lettre obtiens-tu ? ....

Coder et décoder les cases d'un quadrillage

1 **Écris** les codes des cases où se trouvent les fromages.

	1	2	3	4	5	6
A						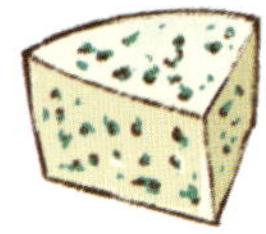
B						
C						
D						
E						

 (....... ; ....)

 (....... ; ....)

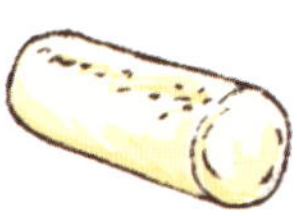 (....... ; ....)

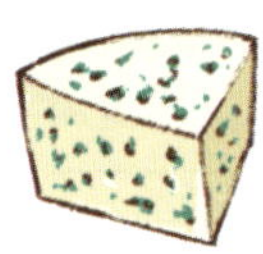 (....... ; ....)

2 **Colorie** dans le quadrillage la case de la couleur de la souris.

 (D ; 1)  (E ; 4)  (C ; 6)  (E ; 1)

3 **Entoure** dans le quadrillage la souris qui se trouve à côté d'un fromage.

Décoder et coder un déplacement dans les cases

1 Voici les déplacements du chat.
92 **Entoure** la souris qu'il va attraper.

→	→	↓	↓	←	↓	↓	→

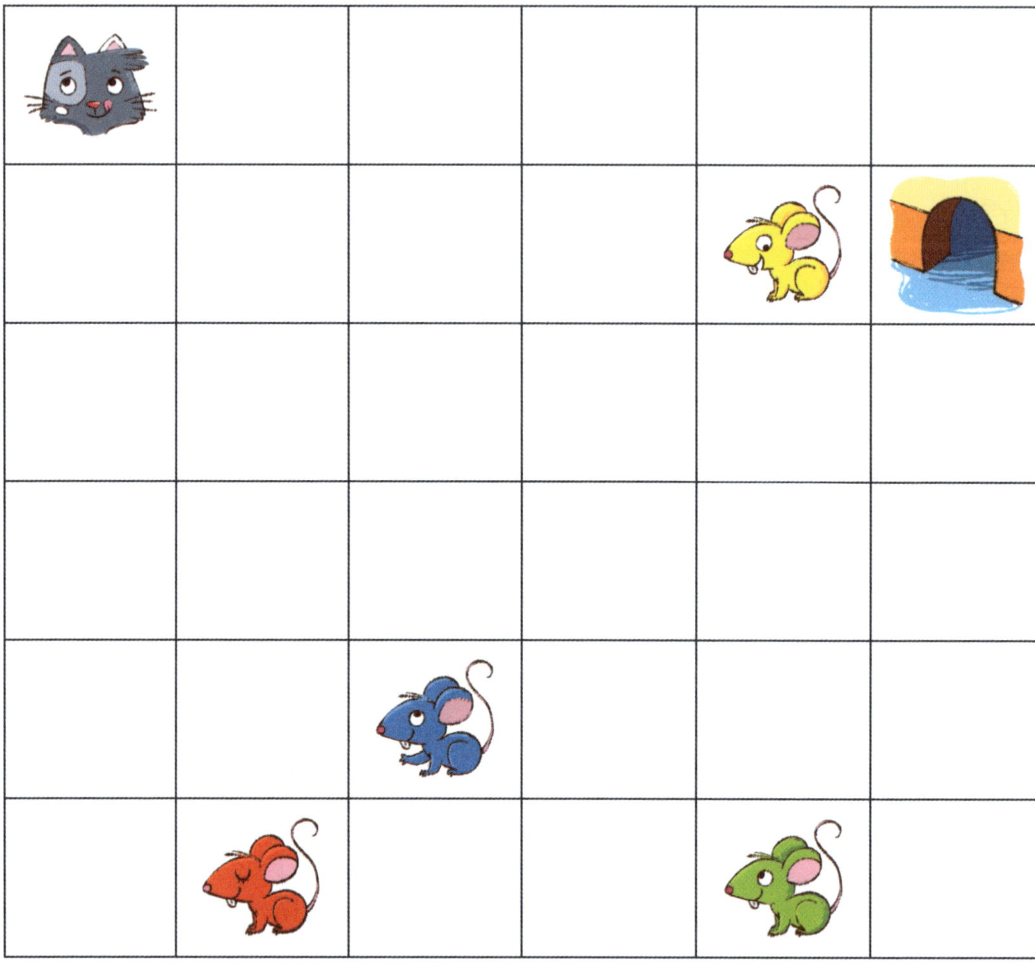

2 La souris rouge court se cacher dans son trou.
... **Code** son déplacement.

1 **Colorie** comme sur le modèle.

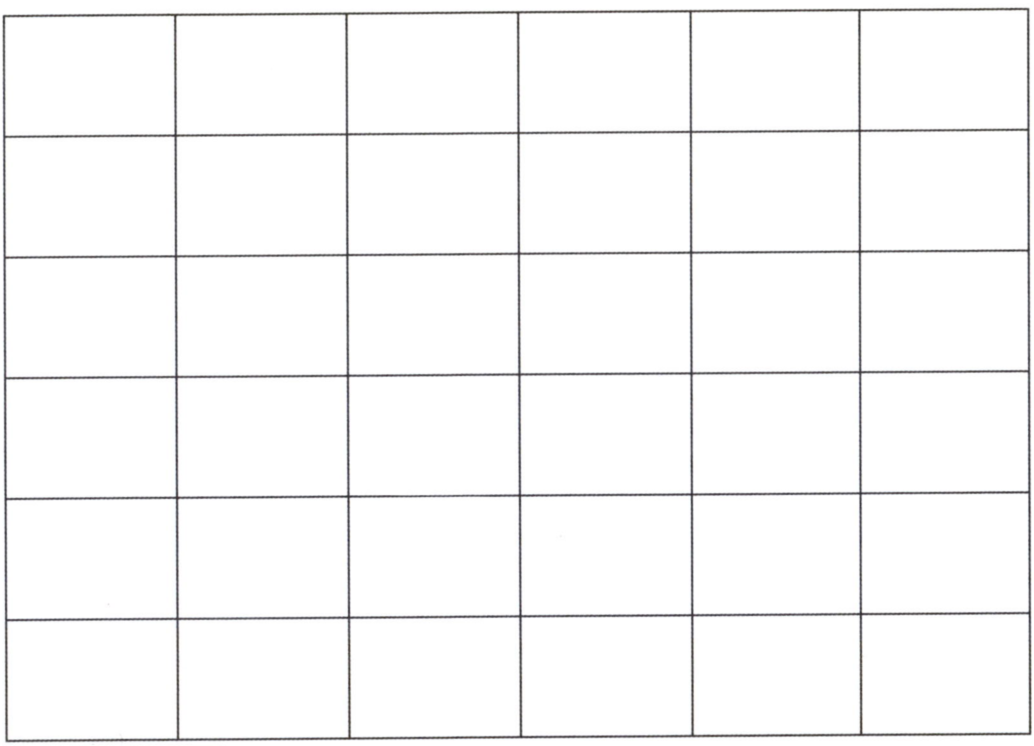

Coder et décoder les nœuds d'un quadrillage

1 **Écris** les codes des nœuds où se trouvent les fromages.

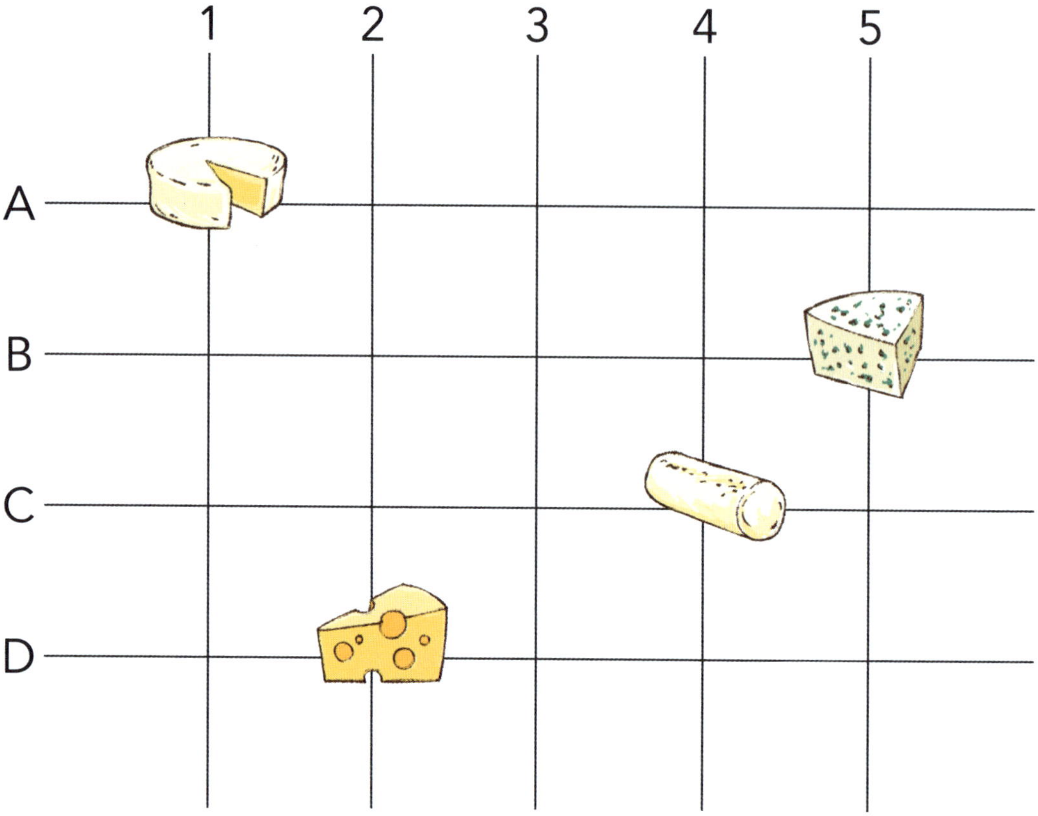

 (...... ; ......)

 (...... ; ......)

 (...... ; ......)

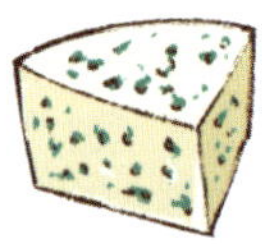 (...... ; ......)

2 **Colorie** dans le quadrillage les nœuds de la couleur de la souris.

 (D ; 5)  (A ; 4)  (C ; 2)  (B ; 3)

3 **Entoure** dans le quadrillage la souris qui se trouve à côté d'un fromage.

Coder et décoder un déplacement (nœuds)

1 Voici les déplacements du chat.
92 **Entoure** la souris qu'il va attraper.

↑	→	↑	→	→	→	↓	→

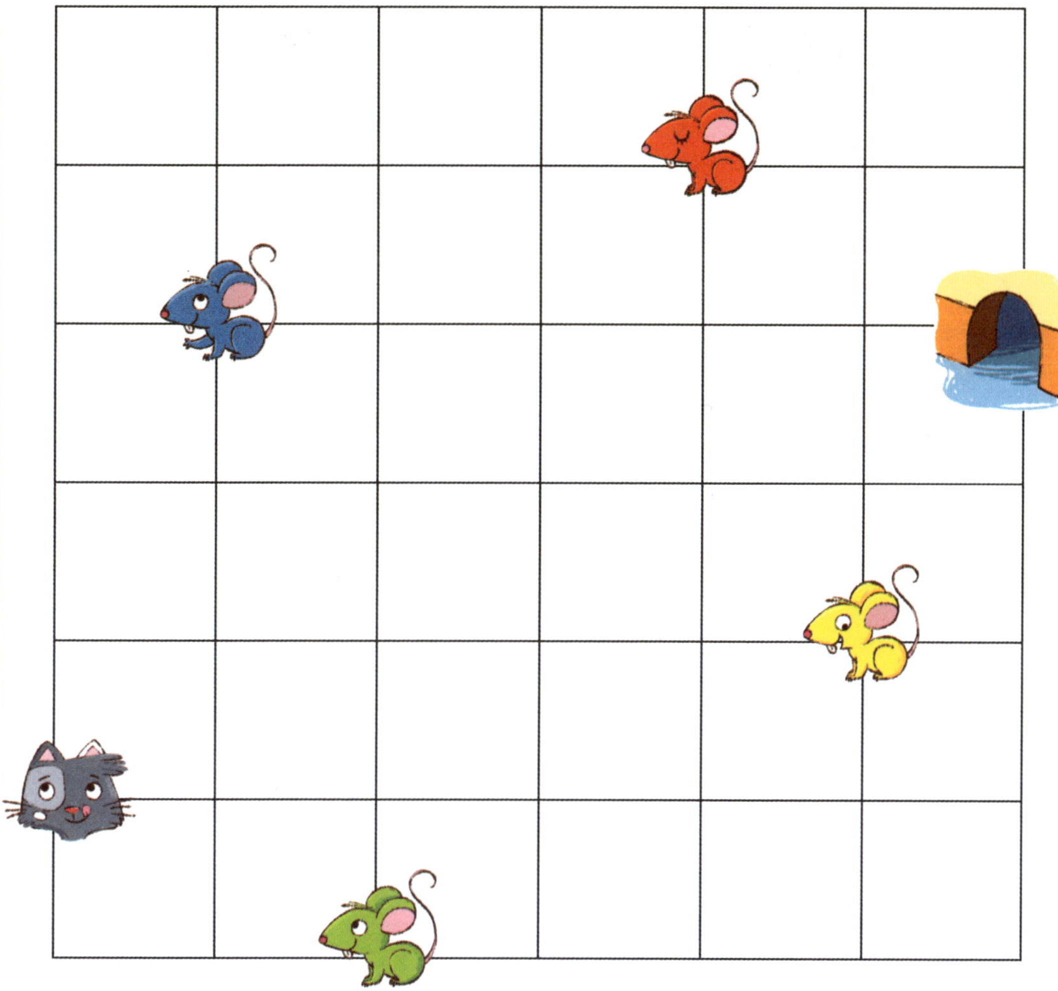

2 La souris verte court se cacher dans son trou.
Code son déplacement.

1 **Colorie** comme sur le modèle.

Se repérer dans l'espace : dessus, dessous, à côté de...

1 **Colorie** l'animal qui correspond à chaque phrase.

La souris est sous le toboggan.

Le chat est derrière le banc.

L'écureuil est dans l'arbre.

Le chien est à côté de la balançoire.

L'escargot est sur le banc.

Le papillon est devant l'arbre.

Se repérer dans l'espace : droite et gauche

1 **Indique** par une flèche le chemin pris.

Jules tourne à gauche.

L'écureuil saute sur la branche de droite.

2 **Colorie** chaque main, patte ou pied droit.

Lire le plan de la classe

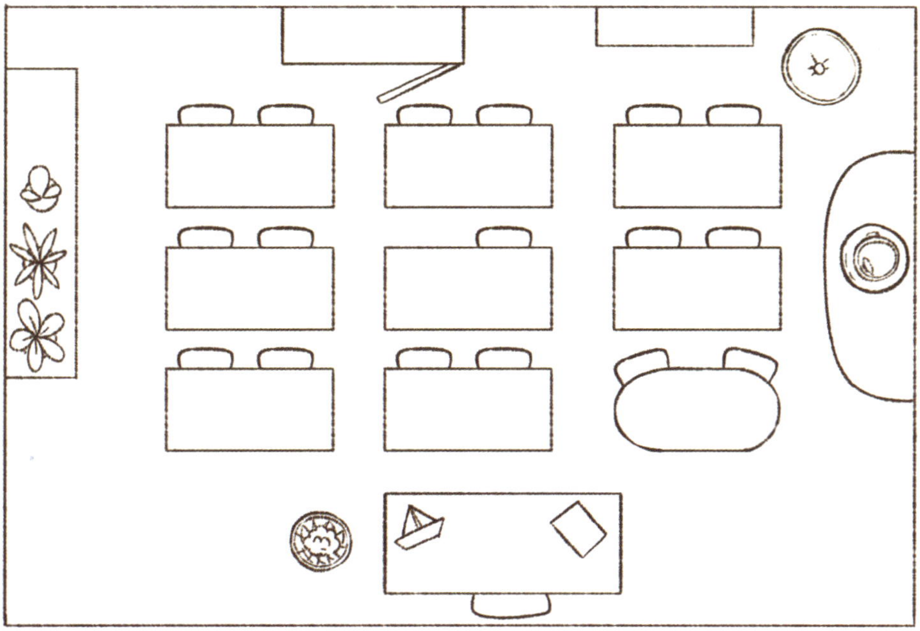

1 Compare l'image et le plan.

(92) **Entoure** les 7 erreurs sur le plan de la classe.

1 **Colorie** le bureau de la maîtresse en jaune.
Colorie en bleu la chaise de l'enfant qui est à la gauche de Tim.
Colorie en rouge la chaise de l'enfant qui est devant Lizzie.
Colorie en vert la chaise de l'enfant qui est derrière Éléonore.
Colorie en rose la chaise de l'enfant qui est à côté de Basti.

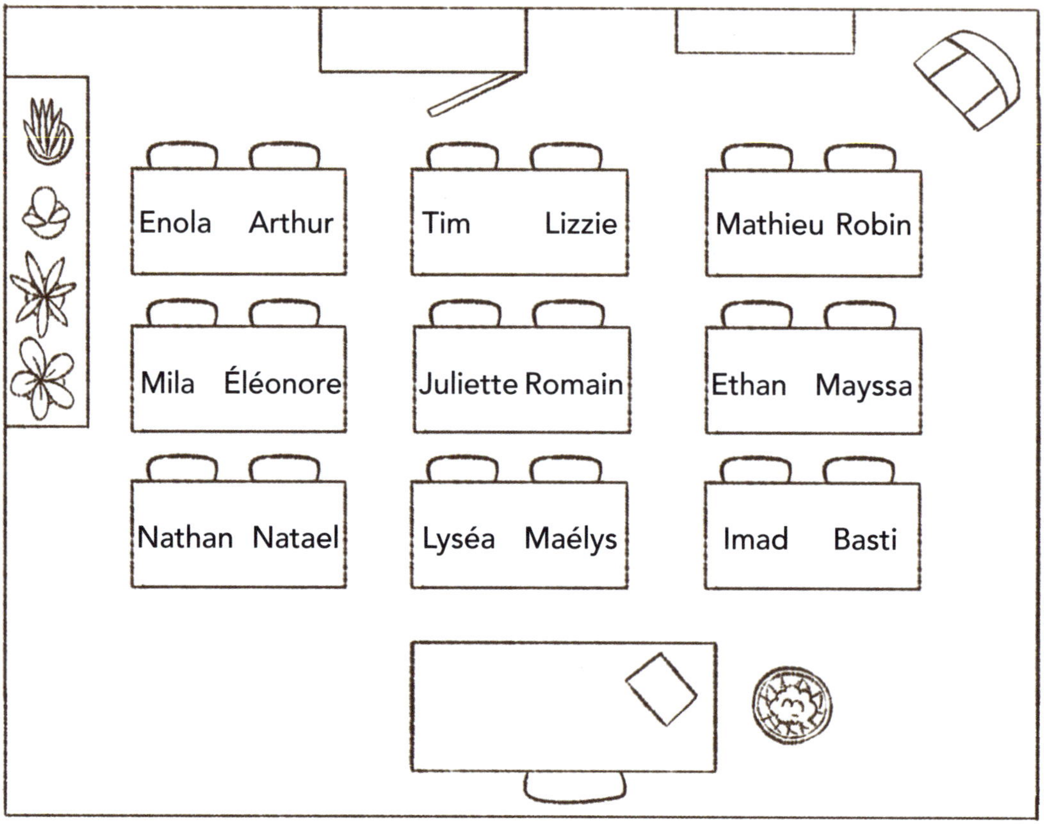

2 Éléonore veut s'asseoir dans le fauteuil. Elle passe devant Juliette et derrière Imad.
Dessine son trajet en violet.

3 Ethan veut arroser une plante. Il passe à côté de Lyséa mais pas d'Éléonore.
Dessine son trajet en orange.

1 **Isole** chaque poisson **en traçant** des traits à la règle.

2 **Relie** les carottes deux à deux.

1 **Reproduis** le dessin à main levée, puis avec la règle.

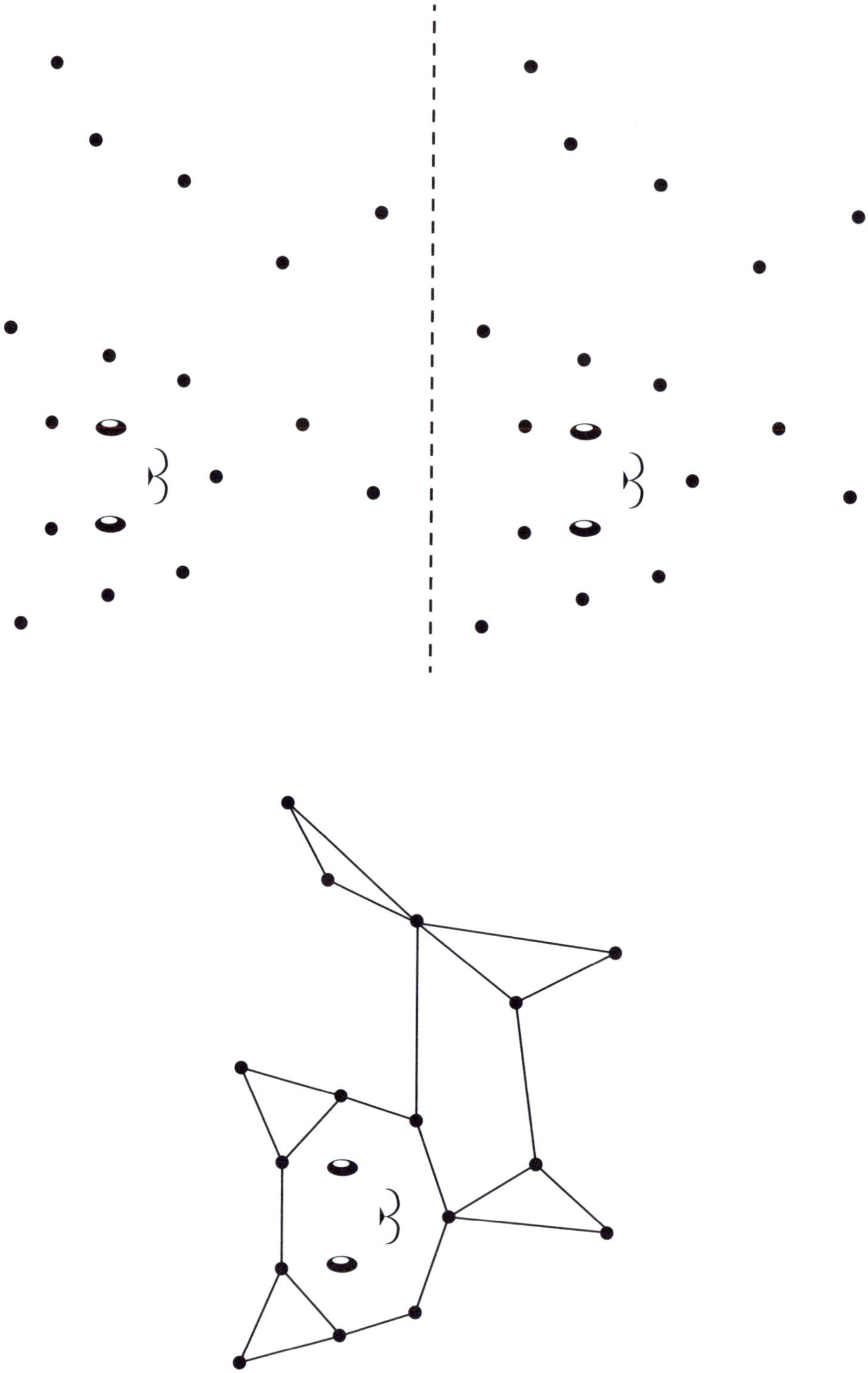

Repérer un alignement de points dans un quadrillage

1 **Colorie** les cases des 3 points alignés.

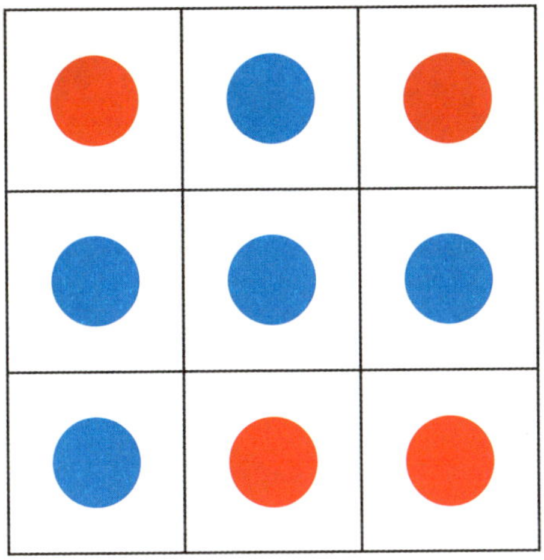

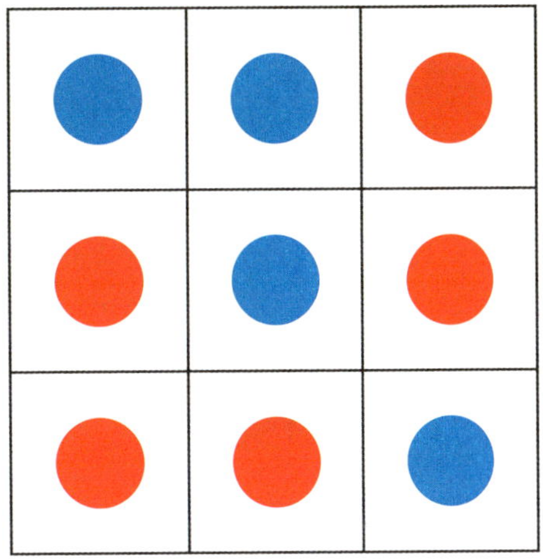

2 **Place** le dernier point bleu pour que 3 points soient alignés.

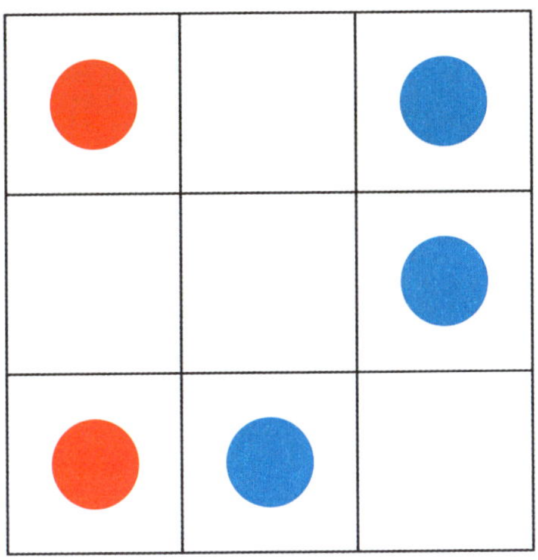

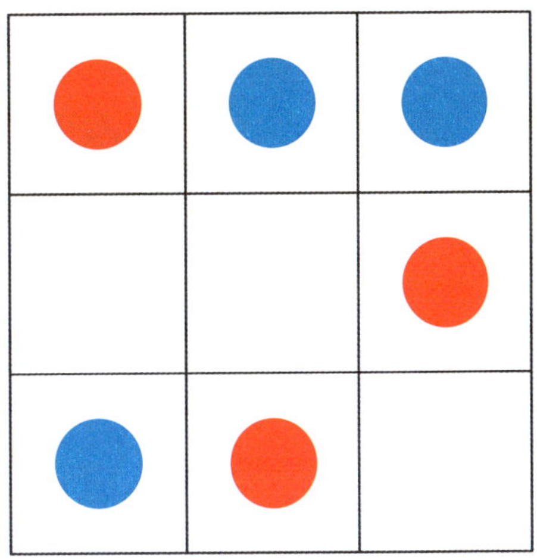

3 **Colorie** les symboles alignés.

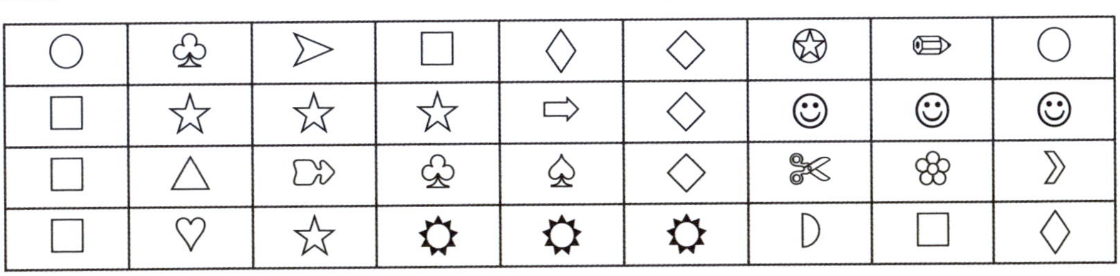

Repérer un alignement de points

1 **Cherche** et **relie** les sommets de 3 sapins alignés. Il y en a plusieurs.

1 **Colorie** les formes selon le code couleur.

carré triangle rectangle cercle

2 **Compte** le nombre de formes trouvées et **écris** ta réponse dans le tableau.

	carré	triangle	rectangle	cercle
nombre	....	....	....	....

Connaître le vocabulaire côté et sommet

1 **Repasse** les côtés en rouge et **ajoute** un point bleu à chaque sommet.

Reconnaître une figure à partir de sa description

1 **Relie** les formes à leur portrait.

J'ai 4 sommets
et 4 côtés qui ne sont pas
tous de même longueur.

Je n'ai ni sommet
ni côté.

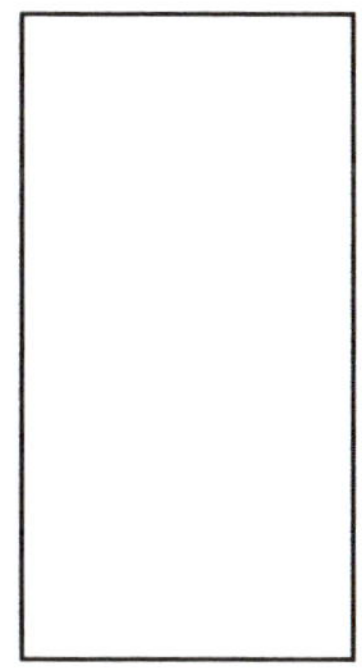

J'ai 4 sommets et 4 côtés
de même longueur.

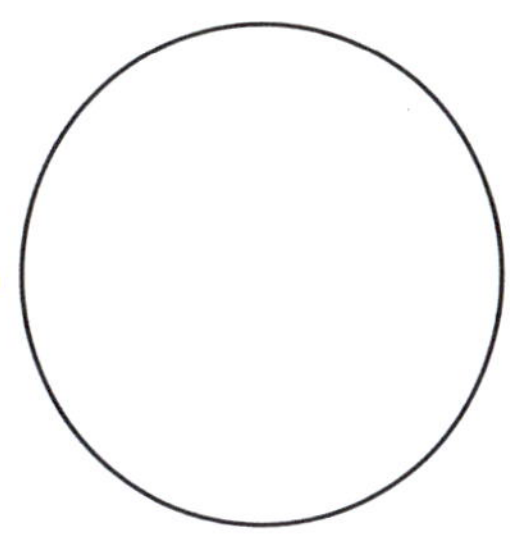

J'ai 3 sommets
et 3 côtés.

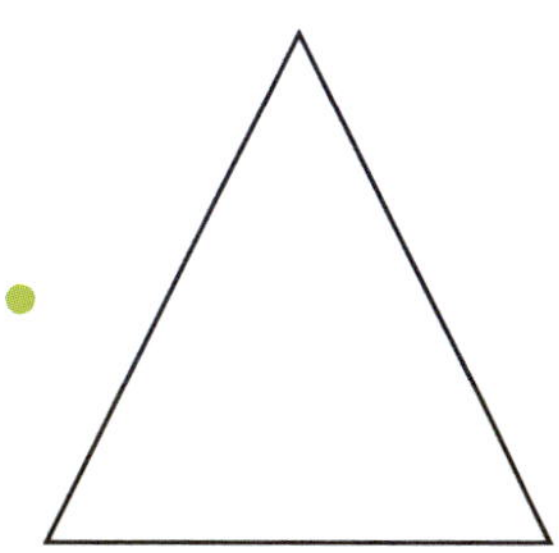

1 **Complète** le tracé des figures à la règle.

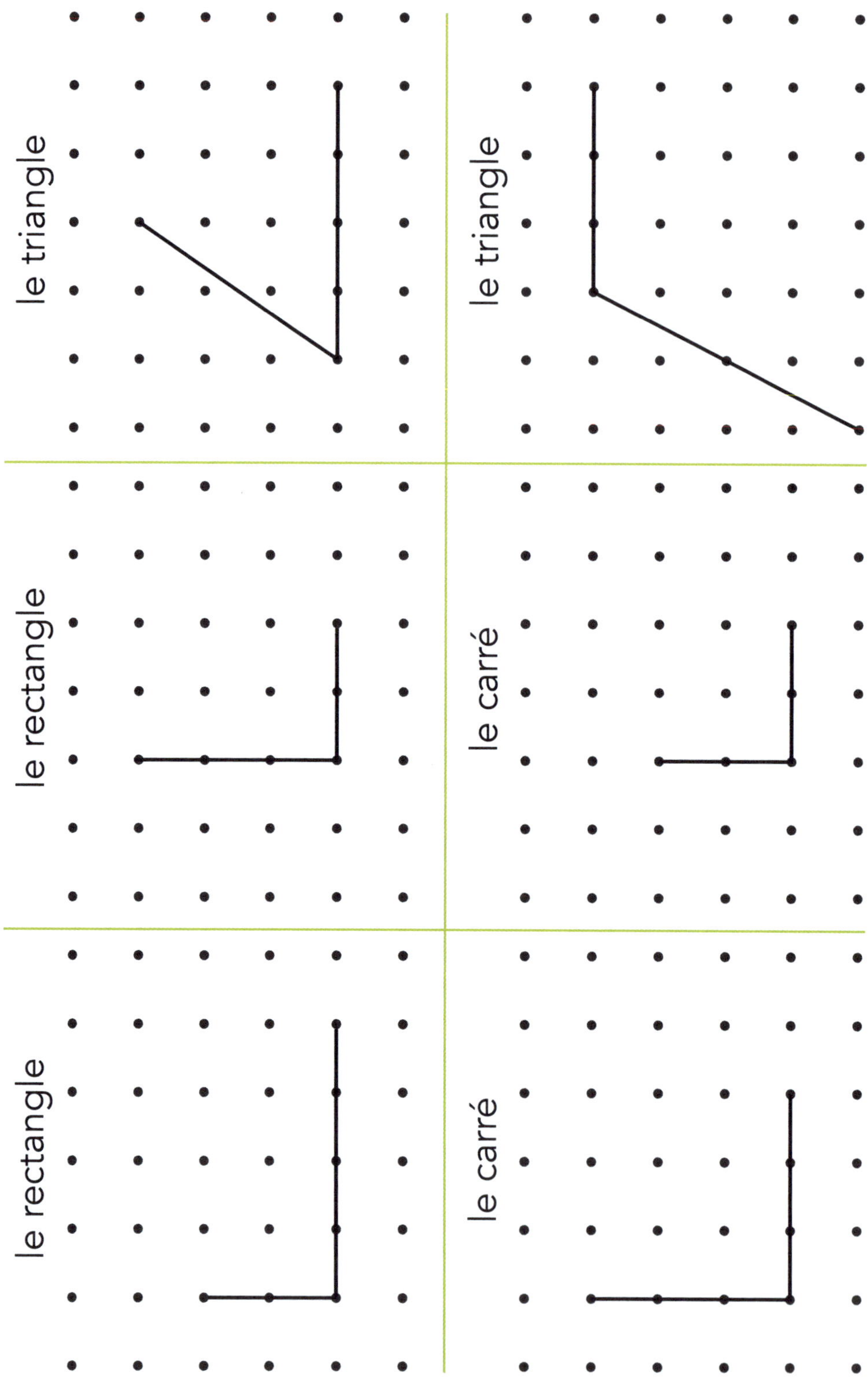

1 **Relie** ces objets aux solides correspondants.

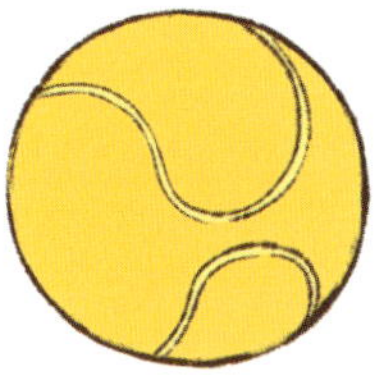
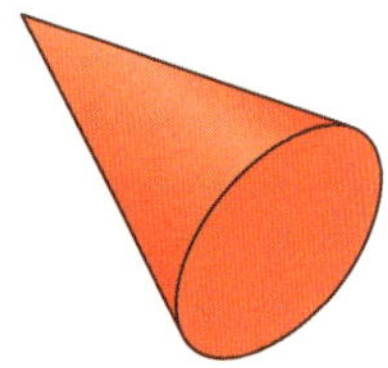

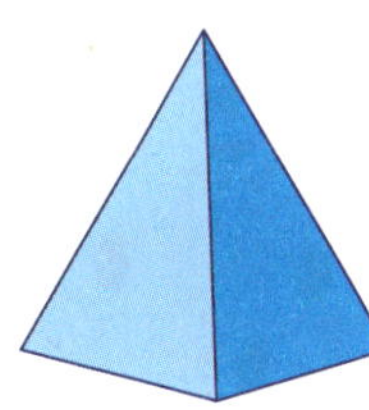

1 **Relie** ces objets aux empreintes de leurs faces.

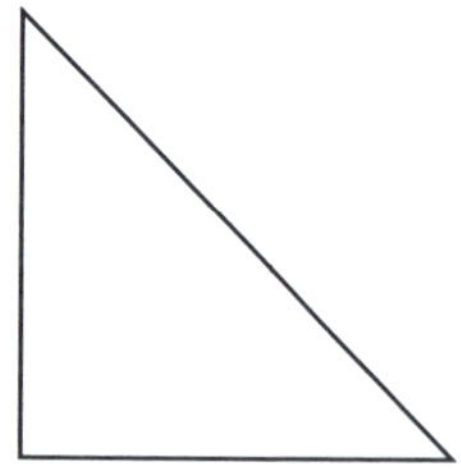

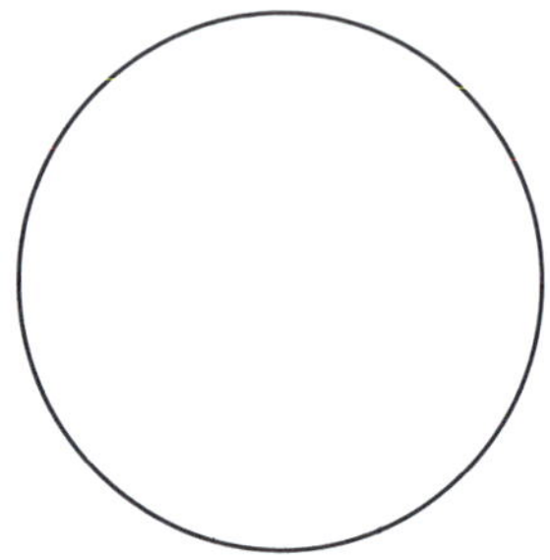

1 **Colorie** selon le code couleur.

face   sommet   arête

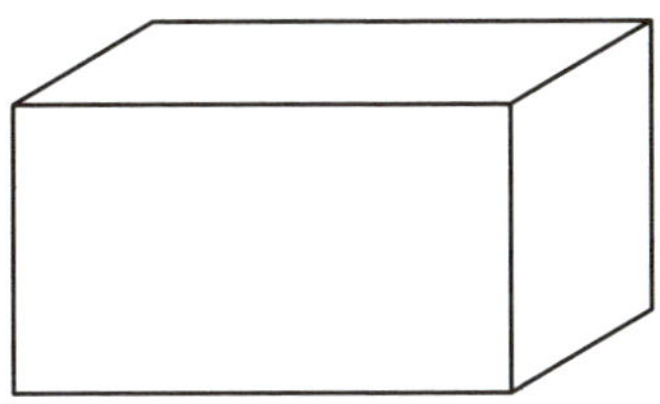
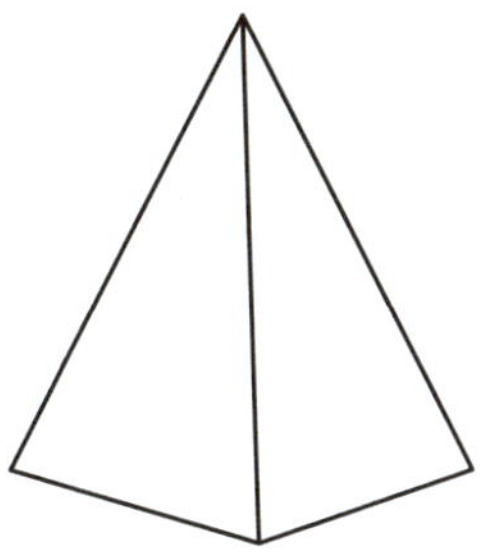
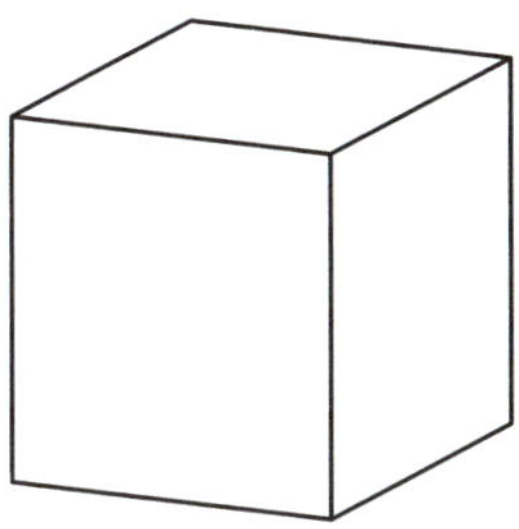
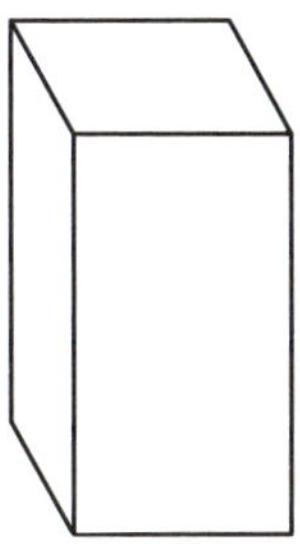

2 **Remplis** le tableau.

	Nombre de faces	Nombre de sommets	Nombre d'arêtes
Cube 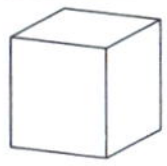	....	....	....
Pavé droit 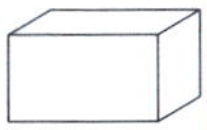	....	....	....
Pyramide 	....	....	....

1 **Colorie** selon le code couleur.

cube pyramide pavé droit boule

1 **Colorie** les pièces qui existent.

2 **Colorie** les pièces nécessaires pour acheter ces objets.

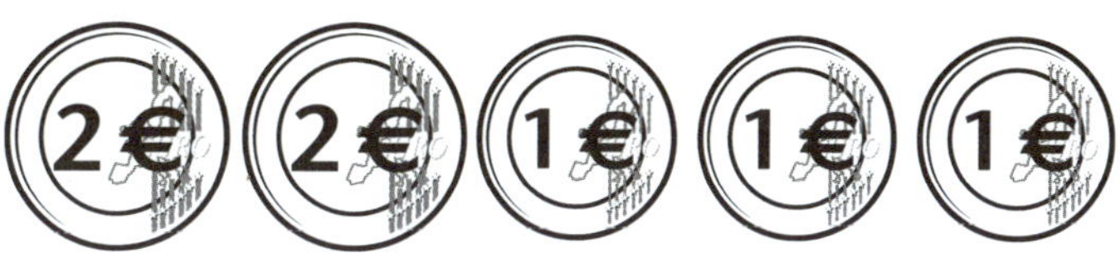

1 **Relie** l'objet au montant correspondant.

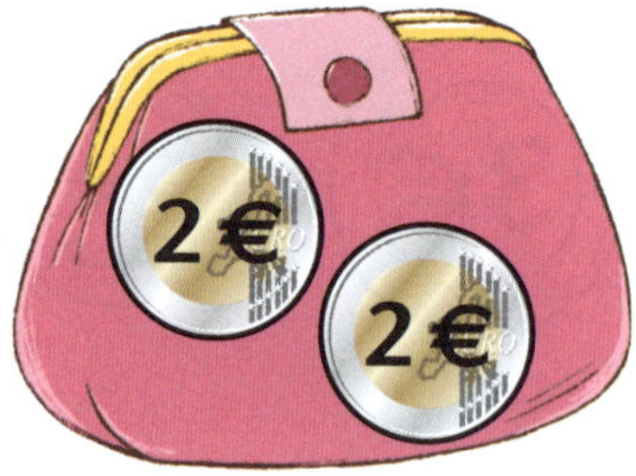

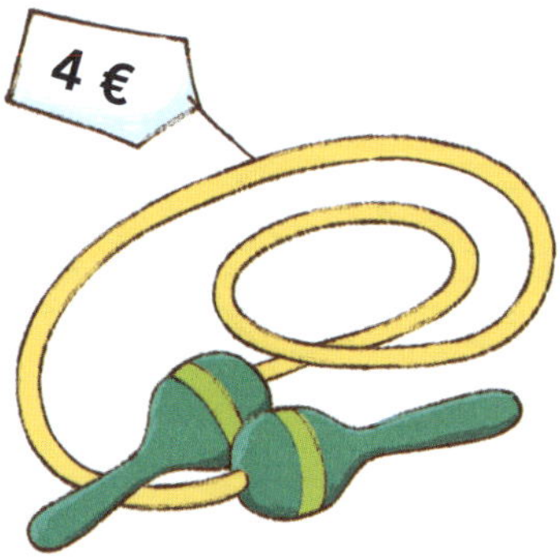

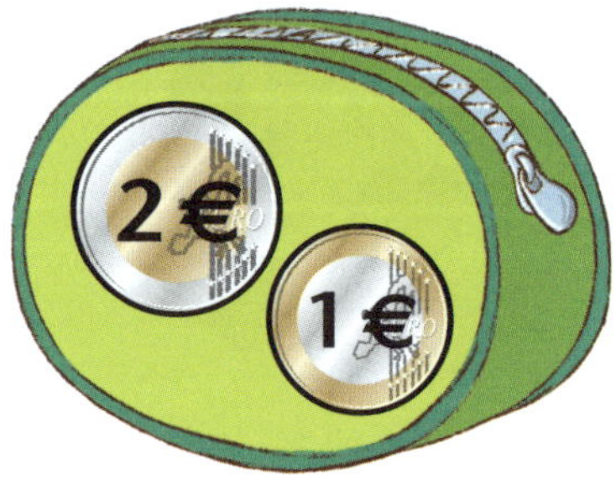

Connaître les pièces et les billets en euro

1 **Colorie** les pièces et les billets qui existent.

2 **Colorie** les pièces et les billets nécessaires pour acheter ces objets.

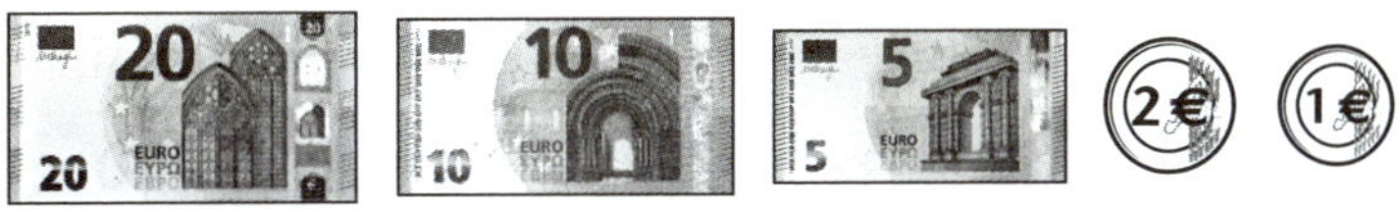

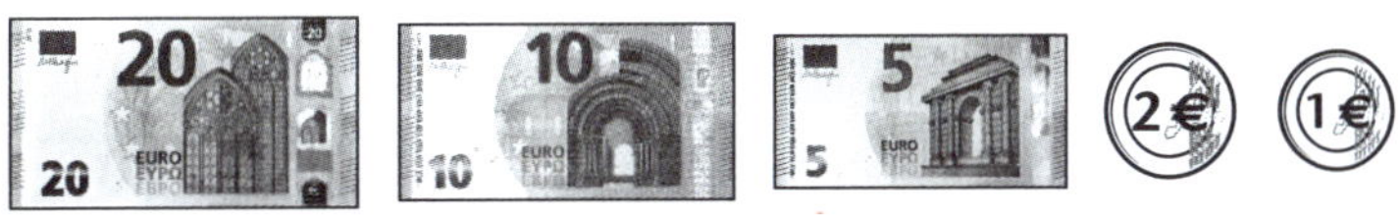

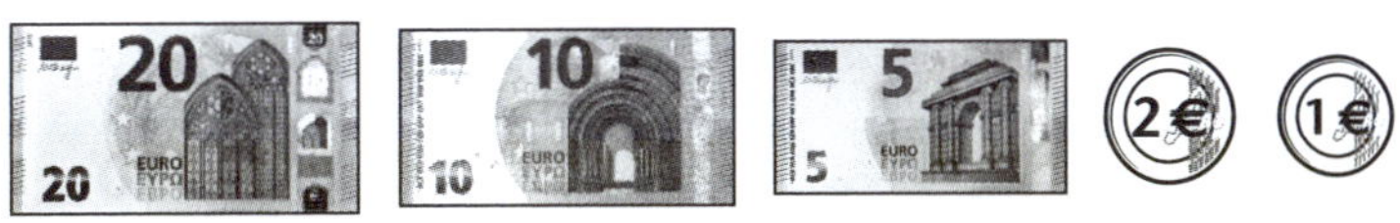

1 **Dessine** le montant des objets avec le moins de pièces et de billets possible.

1 **Entoure** l'objet le plus lourd.

2 **Barre** ce qui est impossible.

3 **Complète** avec des billes.

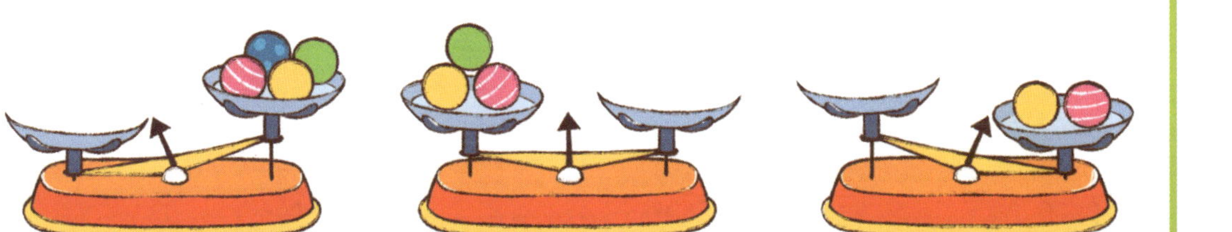

1 **Complète** la phrase et **entoure** l'objet le plus lourd.

La voiture pèse .... billes.

L'ourson pèse .... bille.

La raquette pèse .... billes.

2 **Entoure** la masse la plus lourde.

3 **Calcule** combien pèse chaque objet.

La voiture pèse ....

L'ourson pèse ....

La raquette pèse ....

1 **Dessine** les poids.

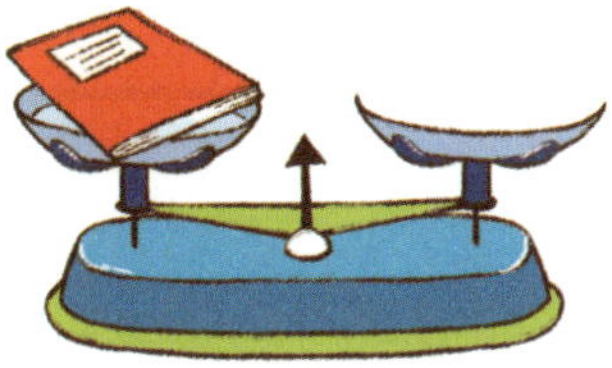

33 grammes

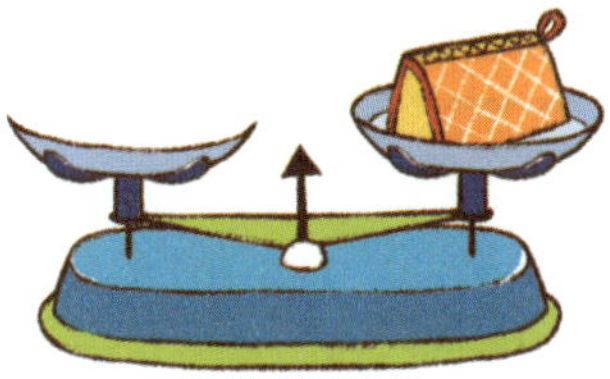

42 grammes

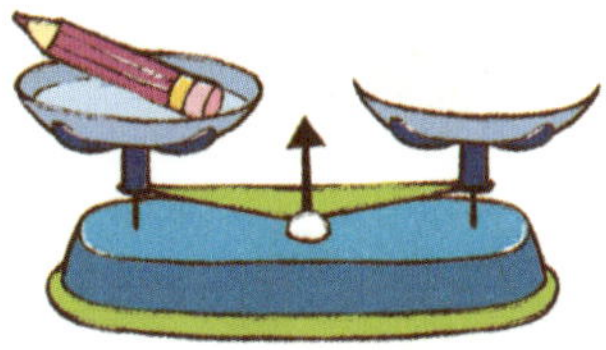

15 grammes

2 **Lis** les graduations et **écris** la masse des objets.

.... g

.... g

.... g

3 **Problème**

Louis doit mettre dans sa recette 20 g de sucre et 30 g de pépites de chocolat.

Combien de grammes doit-il mettre en tout ?

Il doit mettre .... g.

1 (92) Entoure l'unité qui convient.

g | kg

g | kg

g | kg

g | kg

g | kg

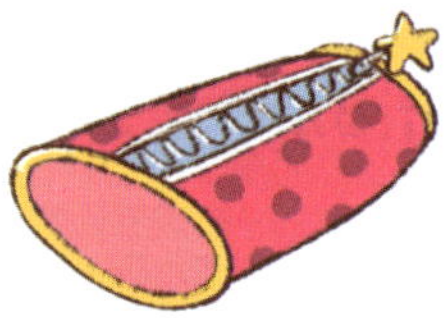

g | kg

g | kg

g | kg

2 Dessine un objet selon la mesure demandée.

Quelques grammes

Quelques kilogrammes

1 92 **Entoure** les deux barrières de longueur identique.

2 **Mesure** avec les trombones.

 .... trombones

 .... trombones

 .... trombones

 .... trombones

1 **Barre** les situations dans lesquelles la règle n'est pas bien posée.

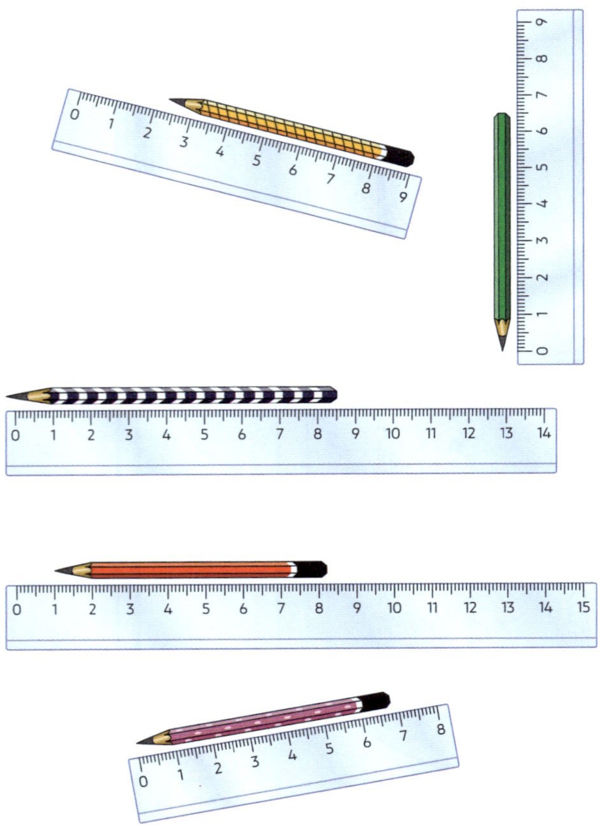

2 **Écris** la longueur de chaque segment.

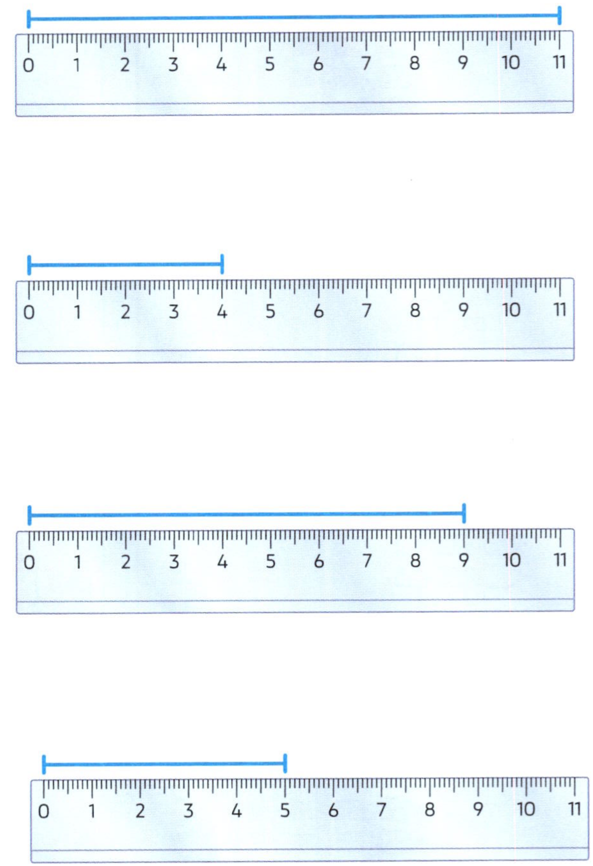

.... cm

.... cm

.... cm

.... cm

1 **Écris** la longueur de chaque segment.

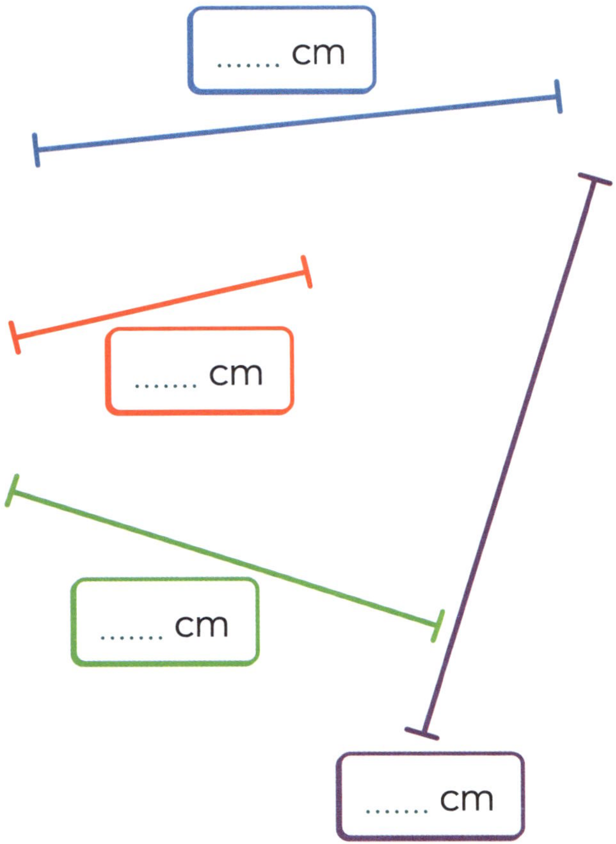

2 **Écris** la longueur de chaque segment.

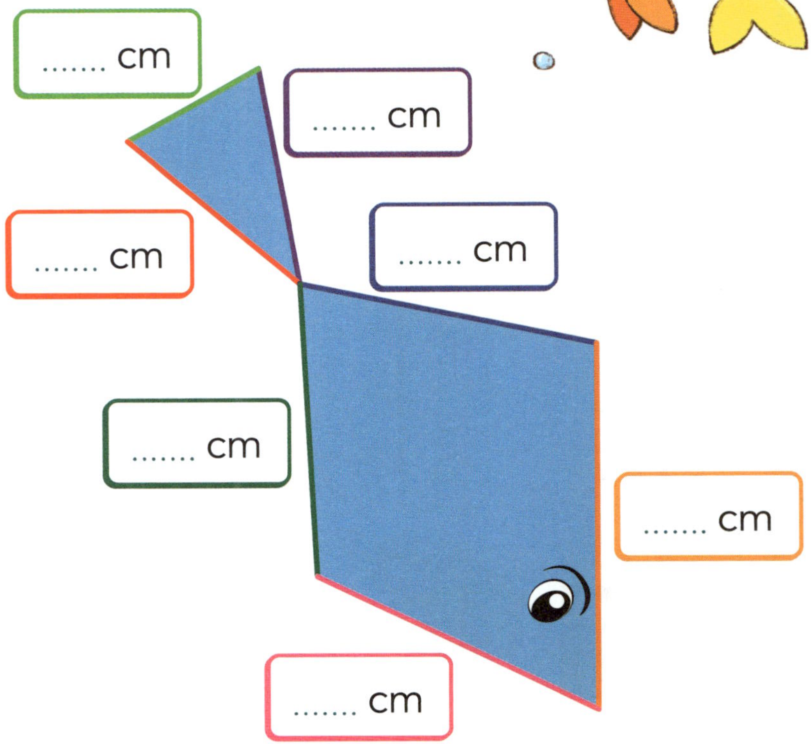

1 92 **Entoure** l'unité qui convient.

cm | m

cm | m

cm | m

cm | m

cm | m

cm | m

cm | m

cm | m

2 **Dessine** un objet selon la mesure demandée.

Quelques centimètres

Plusieurs mètres

Connaître les jours de la semaine, les mois et les saisons

1 Complète.

2 Réponds.

Quel est le premier jour de la semaine ? ....

Quel est le troisième ? ....

As-tu école le cinquième jour ? ....

3 Colorie les mois d'automne en orange, d'hiver en bleu, de printemps en vert et d'été en jaune.

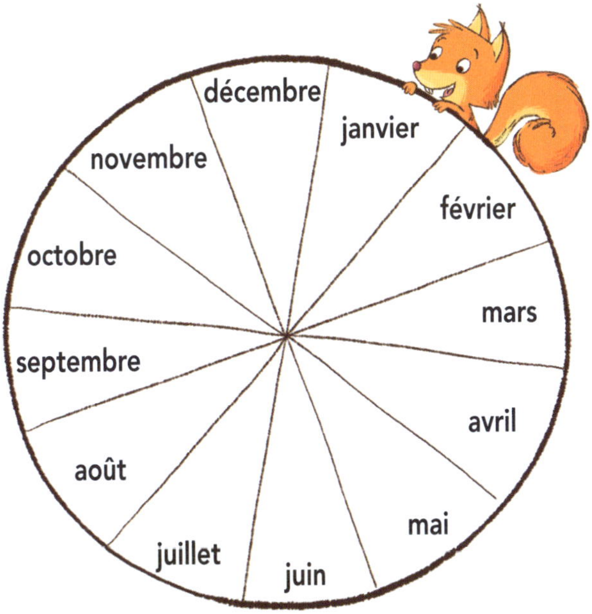

1 Relie les horloges aux réveils.

12 : 00   7 : 00   10 : 00   3 : 00

2 Écris l'heure qu'il est.

.... : ....

.... : ....

.... : ....

.... : ....

1 **Dessine** les aiguilles des horloges.

1 : 00

10 : 00

7 : 00

9 : 00

12 : 00

6 : 00

1 **Relie** les heures aux horloges.

22 : 00

7 : 00

10 : 00

19 : 00

2 **Dessine** les aiguilles.

11 : 00

18 : 00

Comprendre un énoncé de problème

1 Romain est sur la **3e** case. Il jette le dé et fait **4**.
Fais des bonds pour le faire avancer.
Sur quelle case va-t-il atterrir ?

Il arrive sur la ....e case.

2 Mila a un collier composé de **5** perles rouges et de **3** perles bleues.
Dessine les perles autour de son cou.
Combien de perles a-t-elle à son collier ?

Elle a .... perles à son collier.

1 Ethan a **7** fraises dans son bol. Gourmand, il en mange **3**.
Barre les fraises mangées.
Combien lui reste-t-il de fraises ?

Il lui reste .... fraises.

2 Dans le pré, il y a **3** poules et **4** vaches.
Dessine les animaux en utilisant des formes (carré, triangle, rond...).
Combien y a-t-il d'animaux en tout dans le pré ?

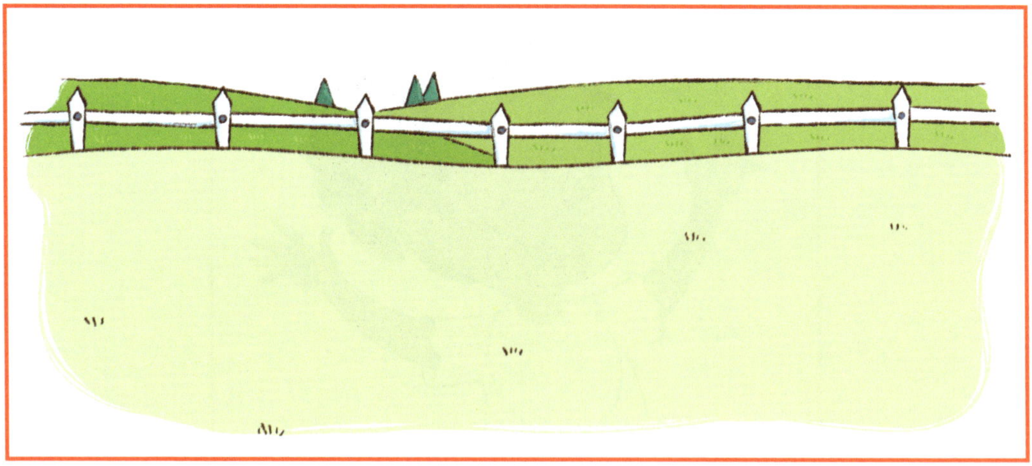

Il y a .... animaux dans le pré.

Trouver le schéma correspondant au dessin

1 92 **Entoure** le schéma qui correspond au dessin.

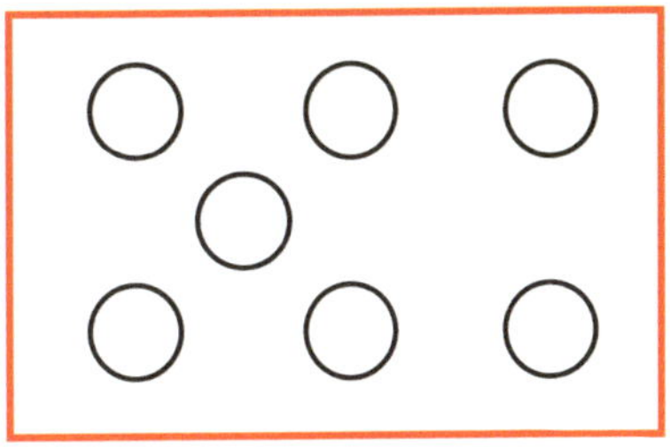

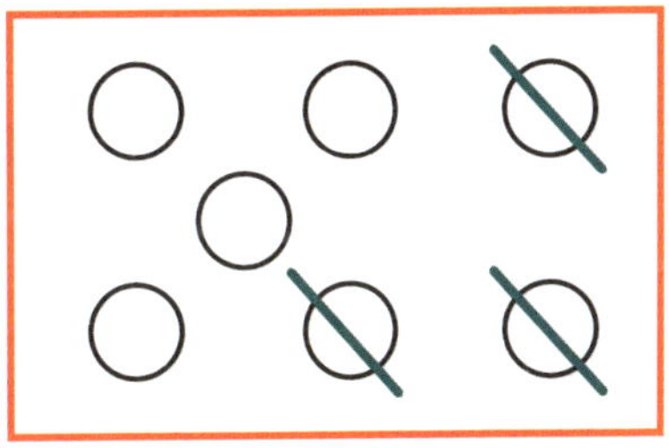

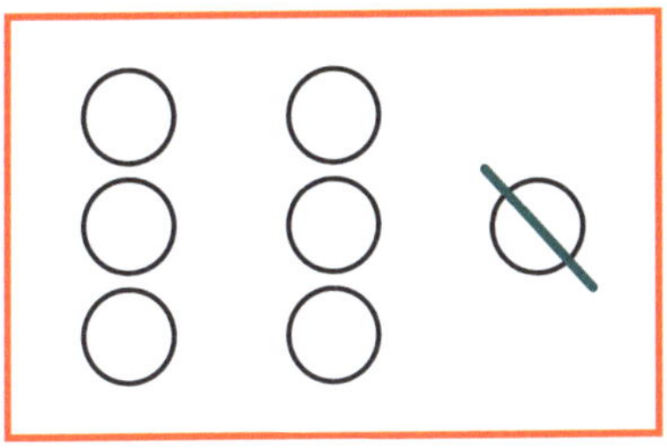

Trouver le dessin correspondant au schéma

92 **Entoure** le dessin qui correspond au schéma.

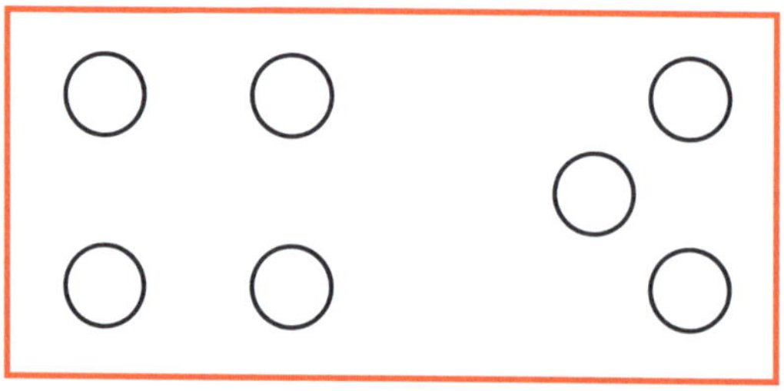

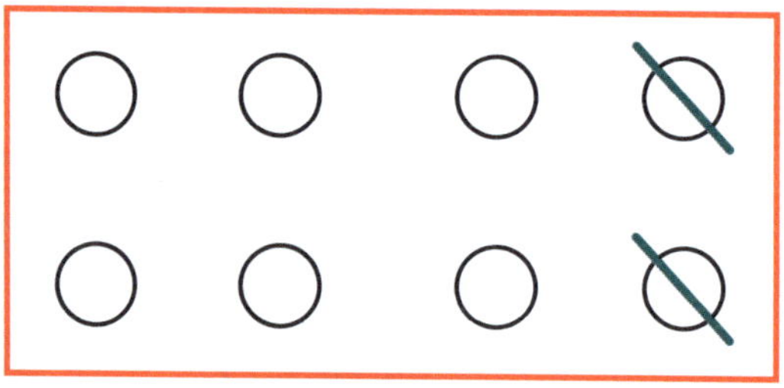

1 Devant ma fenêtre, **9** fleurs ont poussé. **5** sont roses.
Combien sont jaunes ?
Dessine-les pour t'aider à répondre.

.... fleurs sont jaunes.

2 Robin est sur la **3e** case. Il lance le dé et arrive sur la **8e** case. **Quel est le chiffre apparu sur le dé ?**
Dessine les pas du petit garçon pour t'aider à répondre.

Le chiffre sur le dé est ....

3 Mathieu dessine **7** ronds sur son ardoise. Il en efface et il en reste **1**. **Combien a-t-il effacé de ronds ?**
Dessine-les pour t'aider à répondre.

Il a effacé .... ronds.

1 Maélys a **8** perles à son collier. **6** sont jaunes.
Combien sont violettes ? Aide-toi du dessin pour répondre.
Complète le modèle en barre correspondant.

.... perles sont violettes.

2 Nathan est sur la **2**e case. Il lance le dé et arrive sur la **6**e case.
Quel est le chiffre apparu sur le dé ? Aide-toi du dessin pour répondre.
Complète le modèle en barre correspondant.

Le chiffre sur le dé est ....

3 La maîtresse a **7** billes dans le sac. Elle en prend **3**.
Combien en reste-t-il dans le sac ? Aide-toi du dessin pour répondre.
Complète le modèle en barre correspondant.

Il reste .... billes dans le sac.

1 L'écureuil a caché **6** noisettes hier et **3** de plus aujourd'hui.
Combien en a-t-il caché en tout ?

Calcul :

Il en a caché ....

2 Le dragon a **2** épines orange et **5** jaunes.
Combien en a-t-il en tout ?

Calcul :

Il en a .... en tout.

3 Noah a lu **3** livres sur les chevaliers et **5** sur les dragons.
Combien a-t-il lu de livres en tout ?

Calcul :

Il a lu .... livres en tout.

1 Le lapin avait **8** carottes dans son jardin. Il en a pris **3** pour faire de la soupe. **Combien lui en reste-t-il ?**

Calcul :

Il en reste ....

2 La grenouille a sauté de **4** nénuphars et est arrivée sur le **8**^e^. **Sur quel nénuphar était-elle ?**

Calcul :

Elle était sur le ....^e^ nénuphar.

3 Maman a acheté **9 kg** de fruits pour faire de la confiture. Il y a **2 kg** de fraises. **Combien y a-t-il de kilos d'abricots ?**

Calcul :

Il y a .... kg d'abricots.

2 **Écris** le calcul correspondant à chaque modèle en barre.

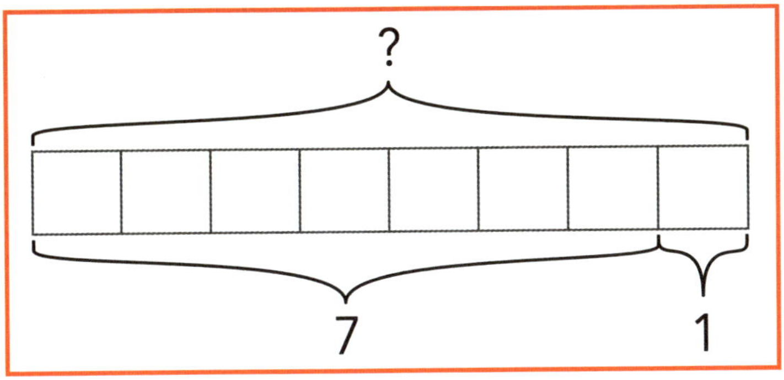

....

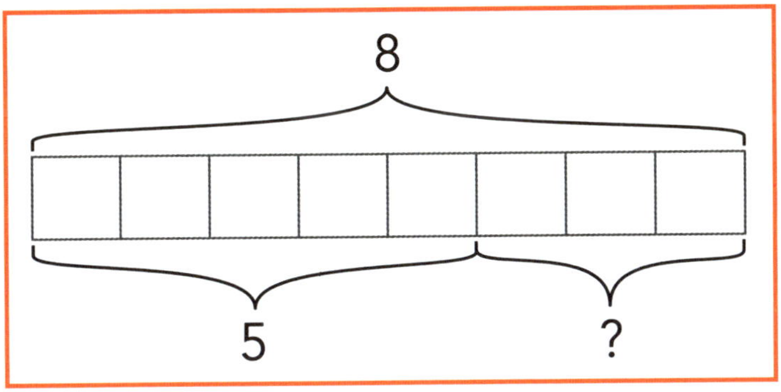

....

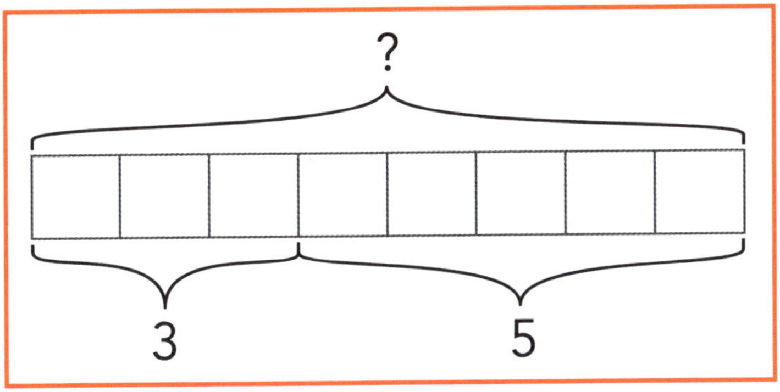

....

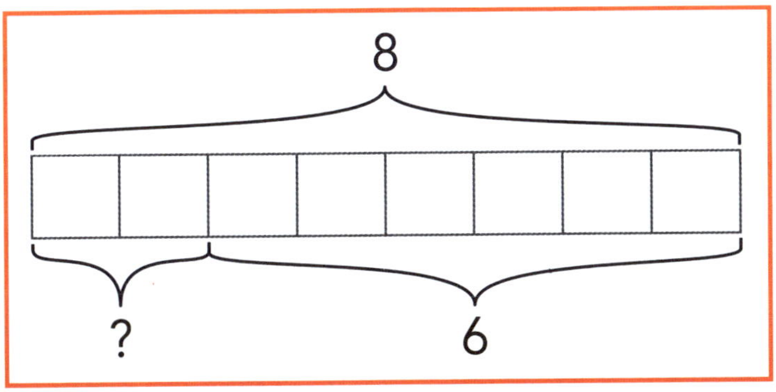

....

Trouver le modèle en barre à partir d'un calcul

Dessine le modèle en barre correspondant à chaque calcul.

5 + 3

7 – 3

6 + 1

8 – 4

Résoudre des problèmes multiplicatifs

1 **3** pirates ont chacun **8** pièces d'un trésor.
De combien de pièces était composé le trésor ?

Calcul :

Il était composé de .... pièces.

2 **4** pirates ont chacun **7** pièces d'un trésor.
De combien de pièces était composé le trésor ?

Calcul :

Il était composé de .... pièces.

3 **5** écureuils ont trouvé des noisettes. Ils en récupèrent **3** chacun. **Combien y avait-il de noisettes ?**

Calcul :

Il y avait .... noisettes.

Résoudre des problèmes multiplicatifs

1 Lison a **7** pièces de **2 €** dans son porte-monnaie.
Combien a-t-elle d'argent ?

Calcul :

Elle a .... €.

2 Papa a acheté **4 kg** de pommes à **5 €** le kilo.
Combien a-t-il dépensé ?

Calcul :

Il a dépensé .... €.

3 Maëdyne a acheté **4** carnets de **10** timbres chacun.
Combien a-t-il acheté de timbres ?

Calcul :

Il a acheté .... timbres.

1 **4** pirates se partagent un trésor composé de **16** pièces.

Combien de pièces aura chaque pirate ?

Calcul :

Chaque pirate aura .... pièces.

2 **3** pirates se partagent un trésor composé de **21** pièces.

Combien de pièces aura chaque pirate ?

Calcul :

Chaque pirate aura .... pièces.

3 **5** géants ont trouvé **25** haricots magiques. Ils se les partagent.

Combien de haricots aura chaque géant ?

Calcul :

Chaque géant aura .... haricots magiques.

1 **4** pirates se partagent un trésor composé de **15** pièces.
Combien de pièces aura chaque pirate ?

Calcul :

Chaque pirate aura .... pièces.
Il restera .... pièces.

2 **3** pirates se partagent un trésor composé de **20** pièces.
Combien de pièces aura chaque pirate ?

Calcul :

Chaque pirate aura .... pièces.
Il restera .... pièces.

3 **5** poules ont trouvé **23** grains de maïs. Elles se les partagent.
Combien de grains aura chaque poule ?

Calcul :

Chaque poule aura .... grains de maïs.
Il restera .... grains de maïs.

1 Rachel achète **3 kg** de fraises et **2 kg** de framboises.
Chaque kilo de fruits coûte **2 €**. **Quel prix va-t-elle payer ?**

Combien y a-t-il de kilos de fruits ? **Quel prix va-t-elle payer ?**

Calcul :

Elle payera .... €.

2 Un escargot doit parcourir **10** mètres. Pour l'instant, il est passé par un tronc de **3** mètres, puis a traversé **2** mètres de prairie. **Combien lui reste-t-il de mètres à parcourir ?**

Combien de mètres a-t-il parcourus ? **Combien lui reste-t-il de mètres à parcourir ?**

Calcul :

Il lui reste .... mètres à parcourir.

1 L'écureuil doit ramasser **12** noisettes chaque jour.
Pour l'instant, il en a trouvé **3**, puis un peu plus loin **6**.
Combien lui en reste-t-il à trouver ?

Combien a-t-il trouvé de noisettes ?

Combien lui en reste-t-il à trouver ?

Calcul :

Il lui reste .... noisettes à trouver.

2 Noah et Hugo partent à la fête foraine. Ils achètent deux places de manège à **7 €** l'une. Ils donnent **20 €** à la caissière. **Combien va-t-elle lui rendre ?**

Combien coûtent deux places de manège ?

Combien va-t-elle lui rendre ?

Calcul :

Elle va lui rendre ....

Tu dois faire des tours de cubes avec **3** cubes de **3** couleurs différentes : vert, jaune et violet.

Trouve toutes les possibilités et **colorie** les tours.

Bonus **Continue** cette frise.

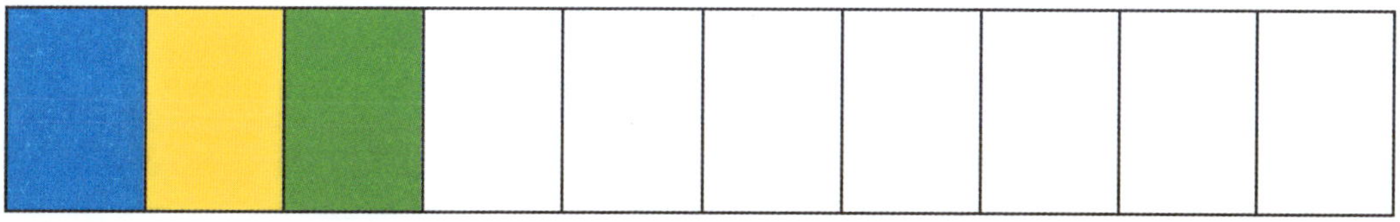

Chaque papillon a ses deux ailes de couleurs différentes : bleu, jaune ou rose.

Trouve toutes les possibilités et **Colorie** les papillons.

Bonus **Continue** cette frise.

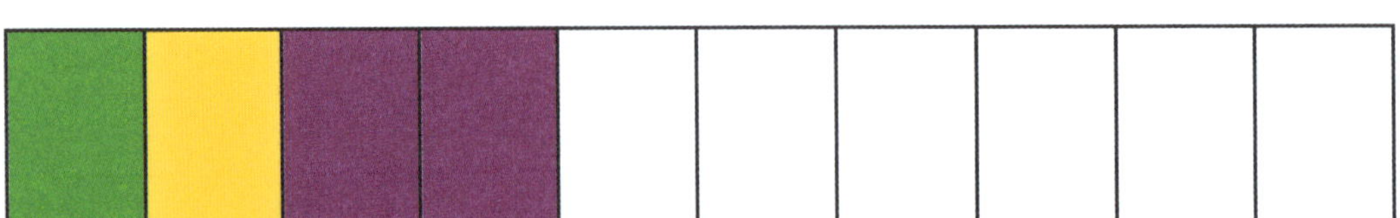

Réalise le plus de glaces possible sachant que chaque glace a deux boules différentes et qu'il y a trois parfums.

chocolat | framboise | banane

Bonus **Continue** cette frise.

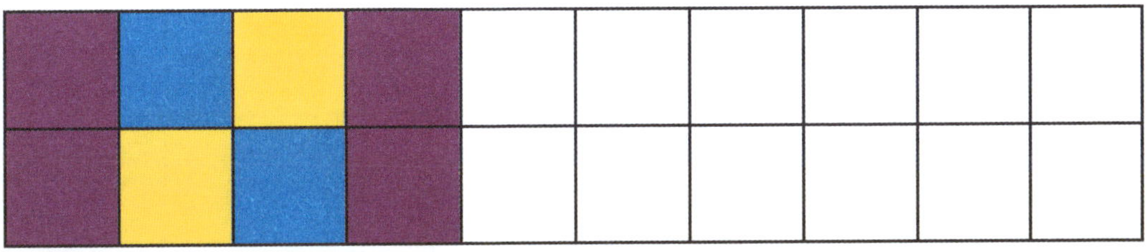

Promenons-nous dans les bois...

Observe l'illustration.

Le Petit Chaperon rouge doit rejoindre l'école.

Dessine toutes les possibilités de chemin en sachant qu'il passera obligatoirement par la maison, la grotte et le champ de fleurs.

Le jeu des cartes

Avec ce jeu de cartes, additionne deux cartes pour faire **12**.
Trouve toutes les possibilités.

Bonus **Continue** cette frise.

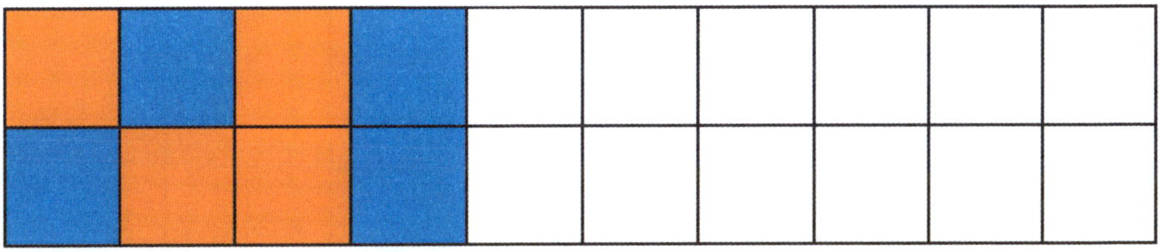

Les fléchettes

Tu dois atteindre **10** en faisant la somme de **3** flèches sur la cible. **Dessine** les flèches au bon endroit.

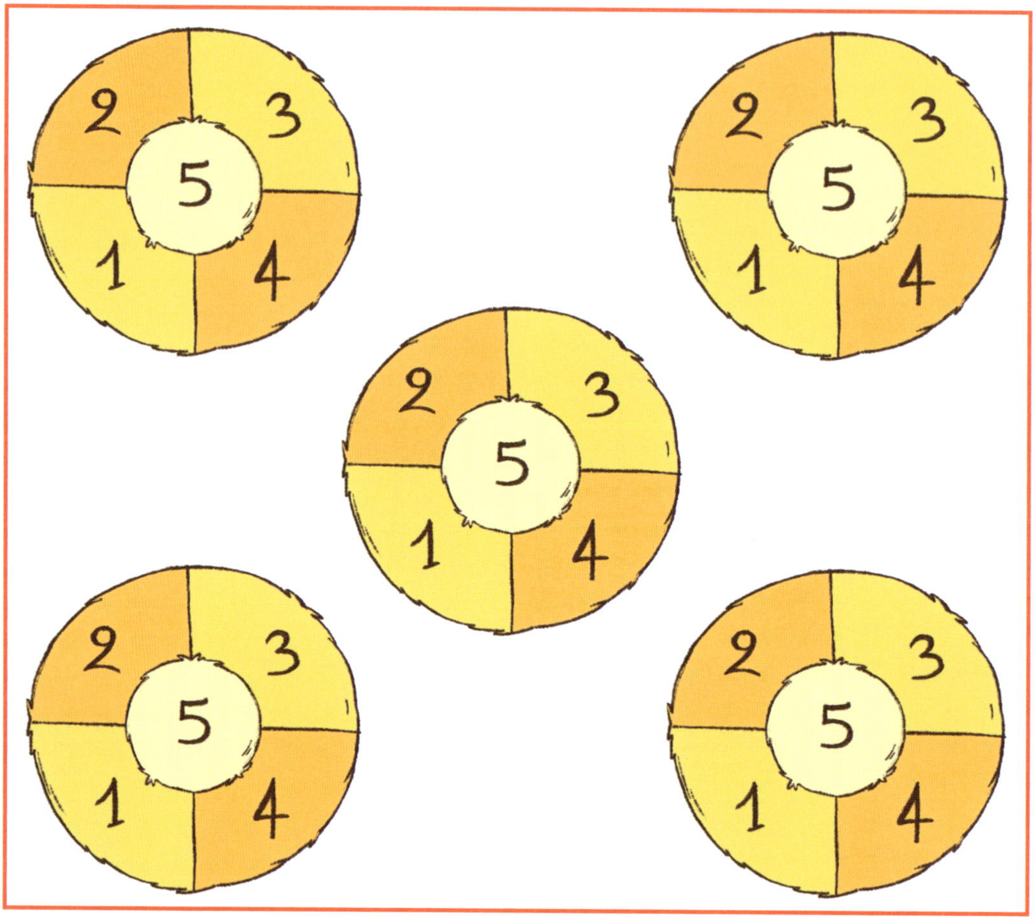

Bonus **Continue** cette frise.

1 **Dessine** les pattes des animaux pour savoir combien il y en a en tout.

Il y a .... pattes de vaches.

Il y a .... pattes de canards.

2 **Trouve** combien il y a d'animaux.

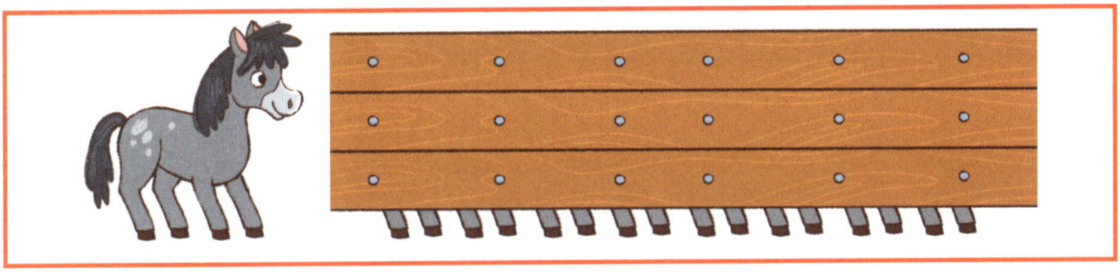

.... chevaux sont cachés.

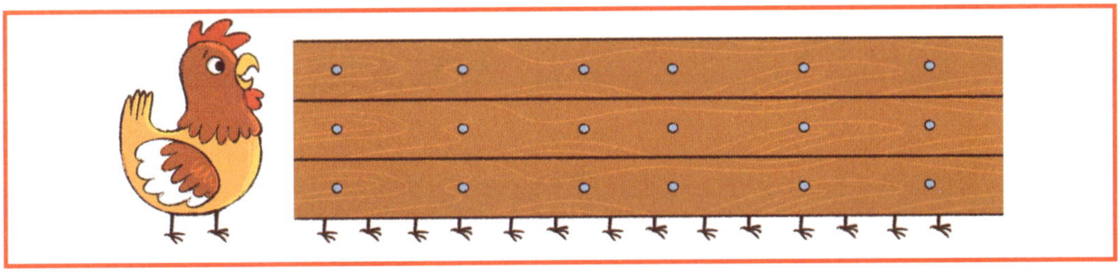

.... poules sont cachées.

À la ferme

Dans le pré, il y a des vaches et des poules.
On voit **12** pattes en tout.
Cherche combien il y a de chaque espèce.

Il y a .... vache(s). Il y a .... poule(s).

Il y a .... vache(s). Il y a .... poule(s).

Il y a .... vache(s). Il y a .... poule(s).

Il y a .... vache(s). Il y a .... poule(s).

1 **Utilise** le tableau pour retrouver le nom de chaque chevalier.

	épée	bouclier	heaume	cape
Perceval	×		×	×
Lancelot	×	×	×	
Arthur	×	×		×

....

2 **Lis** le tableau et **calcule** combien chaque enfant devra payer.

	Nour	Louis	Jean	Tim
Livre 3 €	×		×	×
Toupie 5 €	×	×		×
Voiture 4 €		×	×	×

Nour

Louis

Jean

Tim

1 **Complète** ce tableau à partir de l'illustration.

	jaune	rouge	vert	orange
Dragon				
Fée				
Sorcière				

2 **Complète** le tableau avec l'argent de la tirelire de chaque enfant.

Matthieu

Basti

Juliette

Éléonore

	Matthieu	Basti	Juliette	Éléonore

Lire un graphique en barres

**Les enfants de la classe ont mangé des yaourts à la cantine.
Voici les parfums choisis :**

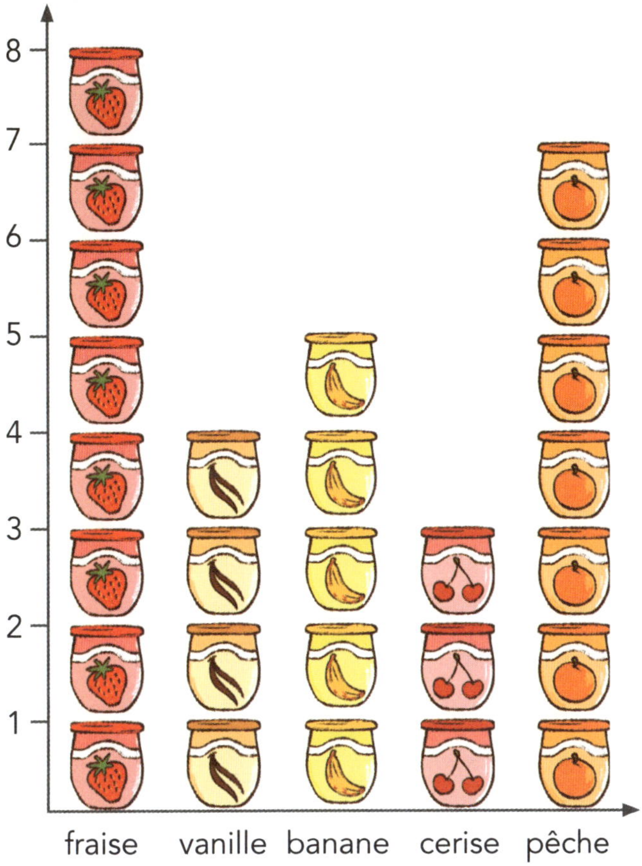

Observe bien le graphique et **complète**.

	banane	vanille	fraise	pêche	cerise
Nombre de pots	....	....	....	....	....

92 **Entoure** la bonne réponse.

• Les enfants ont mangé plus de yaourts à la cerise qu'à la pêche.	Vrai	Faux
• Le parfum préféré des enfants est fraise.	Vrai	Faux
• Le parfum vanille est le moins choisi.	Vrai	Faux

Créer un graphique en barres

Voici les animaux de compagnie des élèves de la classe de Lyséa :

Poisson	3
Lapin	5
Aucun	4
Chat	2
Chien	7

Colorie selon les indications.

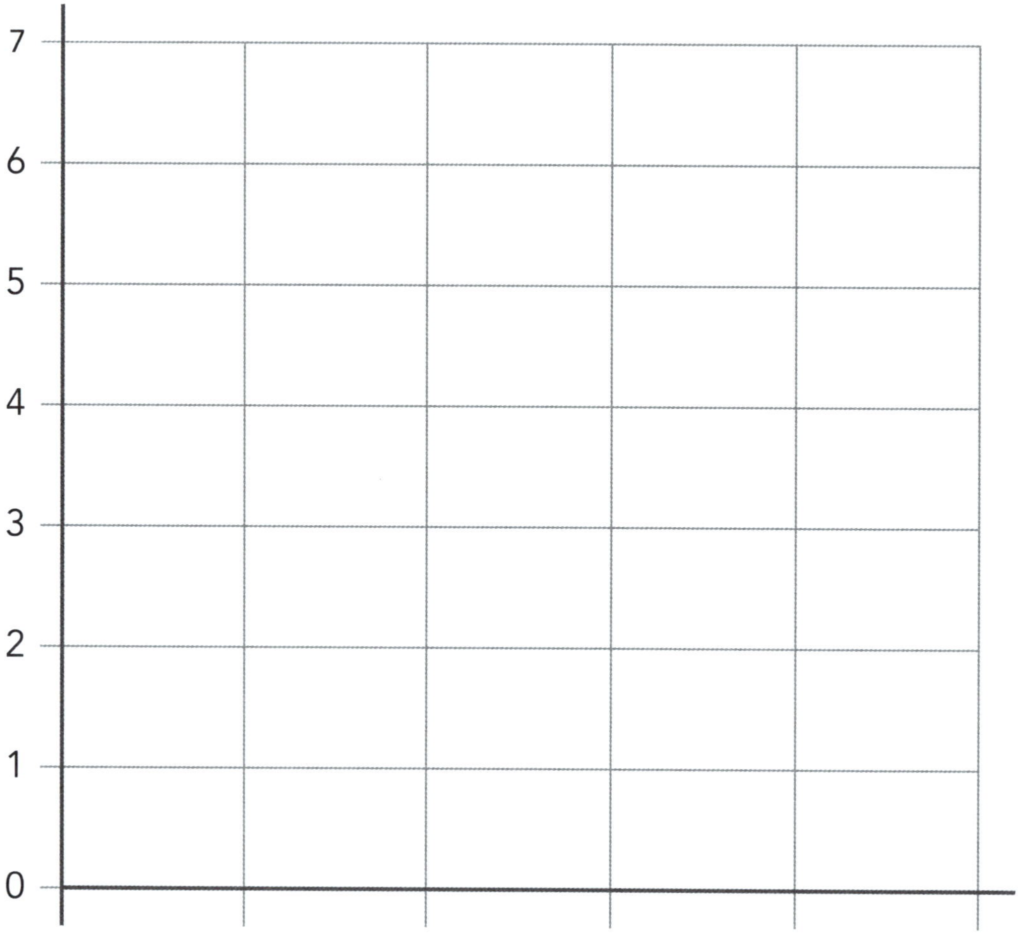

Chercher des informations dans une illustration

Observe attentivement cette illustration.

Colorie les affirmations justes.

Si chaque souris mange un bout de fromage, il en reste 3.	Il y a assez de pelotes de laine pour chaque chat.	Il manque 1 panier pour les chats.	Si chaque chat voulait manger une souris, il y en aurait assez.
Il y a plus de souris que de chats.	Il y a assez de fromages pour chaque souris.	Il y a autant de souris que de bouts de fromage.	Il y a assez de paniers pour chaque chat.

Chercher des informations dans une illustration comportant un prix

Observe attentivement cette illustration.

Réponds aux questions.

- Combien de personnes veulent entrer au cinéma ? ....
- Combien y a-t-il d'enfants ? ....
- Quel prix paieront les enfants ? ....
- Combien y a-t-il d'adultes ? ....
- Quel prix paieront les adultes ? ....
- Combien paieront-ils en tout ? ....
- Chaque enfant prend une sucrerie. Donne le nom de ce qu'ils prennent et calcule le montant. ....

....

1 Observe et **dessine** le temps qu'il fait.

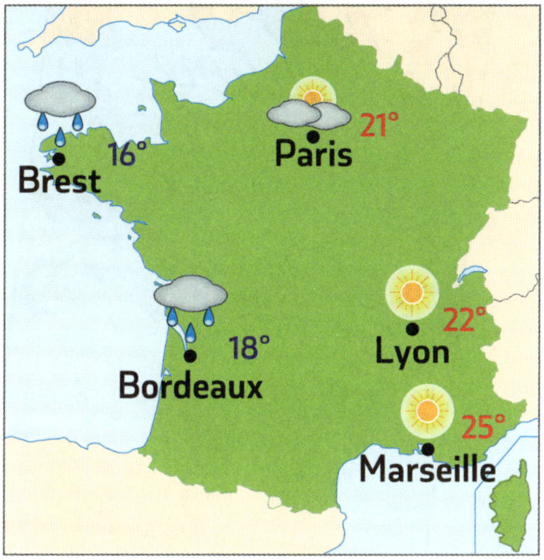

Marseille	
Lyon	
Paris	
Bordeaux	
Brest	

2 Écris le nom de la ville ou **colorie** le thermomètre.

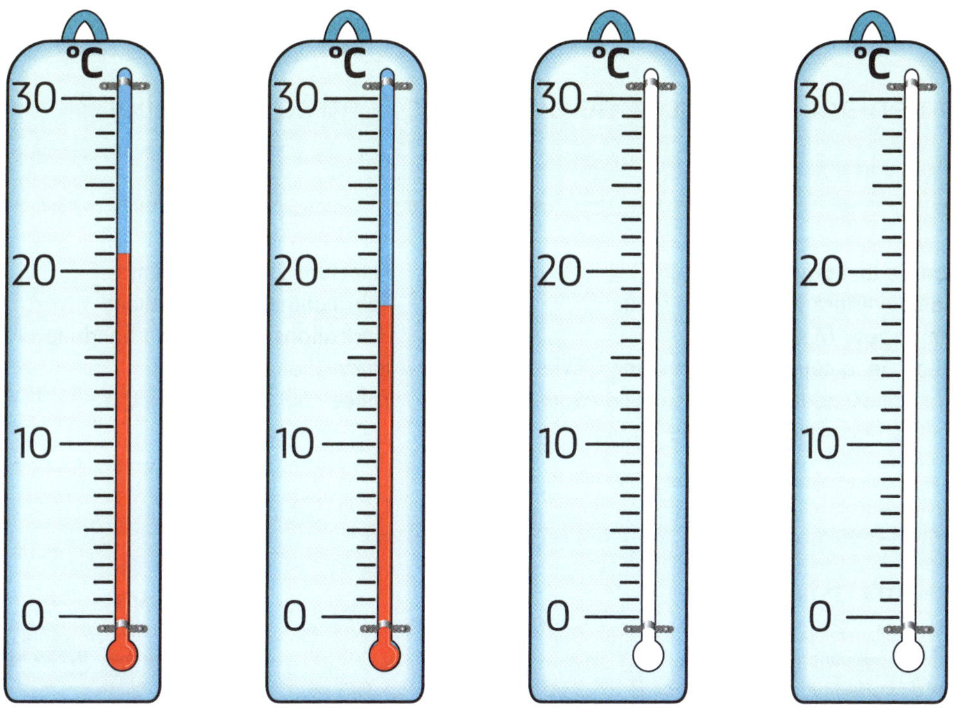

....	....	Marseille	Lyon

1 Observe et réponds aux questions.

- De quel type de document s'agit-il ? ....
- Quel est le nom du zoo ? ....
- Quel est le prix de l'entrée par enfant ? ....
- Combien paieront Lizzie, Mathieu et leur maman pour s'y rendre ? ....
- Dans quelle ville se situe le zoo ? ....
- Un enfant a-t-il assez de 50 € pour l'entrée et l'atelier ? ....

Création de la maquette intérieure et de la couverture : Florence Le Maux
Mise en pages : Mediamax
Illustration de la couverture : Sandrine Olivier
Édition : Anne-Gabrielle Anger, Camille Avagliano et avec la collaboration de Justine Tajan
Relecture : Christel Desmaris
Fabrication : Marc Chalmin
Illustrations intérieures : Sandrine Olivier, Jacky Choi.
Police : SG STYLO © 4 HEURES 21/11/2003

Imprimé en Pologne par DRUKARNIA DIMOGRAF SP ZOO
Dépôt légal : Février 2021
Collection n°16 - Édition n° 01
82/4863/7

ISBN : 978-2-01-713618-7

1 Complète la maison du 10.

10

0 + ...	5 + ...
1 + ...	6 + ...
2 + ...	7 + ...
3 + ...	8 + ...
4 + ...	9 + ...
10 + ...	

2 Problème

Il y a 10 poissons dans l'aquarium. Combien de poissons sont cachés par le chat ?

Il y a .... poissons cachés.

1 **Colorie** deux nombres qui font **10** de la même couleur.

6 7 2 9 8 0 3 5 4 1 5 10

2 **Complète** les calculs.

3 + ... = 10	6 + ... = 10	4 + ... = 10
8 + ... = 10	7 + ... = 10	9 + ... = 10
1 + ... = 10	2 + ... = 10	5 + ... = 10

3 **Problème**

Il y avait **10** oiseaux sur la branche.
Il en reste **6**.
Combien d'oiseaux se sont envolés ?

.... *oiseaux se sont envolés.*

1 Colorie ce qui fait 10.

6 + 5	1 + 9	7 + 4	6 + 4
3 + 8	5 + 4	2 + 8	2 + 7
5 + 5	7 + 3	1 + 8	10 + 0

2 Complète les calculs.

10 – 1 = ...	10 – 7 = ...	10 – 5 = ...
10 – 3 = ...	10 – 6 = ...	10 – 4 = ...
10 – 8 = ...	10 – 2 = ...	10 – 9 = ...

3 Problème

Il y a 10 abeilles en tout.

Combien sont rentrées dans la ruche ?

.... abeilles sont rentrées dans la ruche.

1 **Colorie** de la même couleur l'illustration des doubles et leur calcul.

4 + 4	3 + 3		5 + 5

		1 + 1	2 + 2

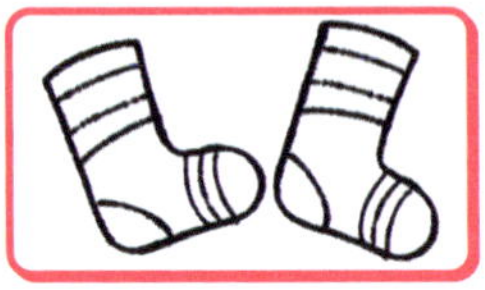

2 **Dessine** le double sur le domino et **complète** le calcul.

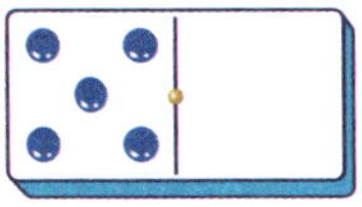

5 + 5 = ...

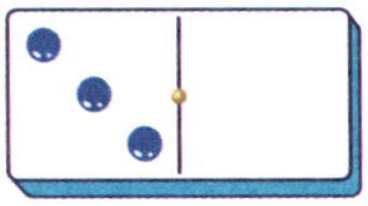

3 + 3 = ...

1 + 1 = ...

2 + 2 = ...

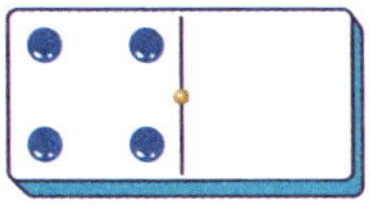

4 + 4 = ...

3 **Problème**

Pimpin a ramassé **4** carottes dans son jardin et **4** encore le lendemain.

Combien a-t-il ramassé de carottes ?

Il a ramassé .... carottes.

1 **Partage** l'aquarium en deux pour trouver la moitié.

La moitié de 2, c'est ....

La moitié de 4, c'est ....

La moitié de 8, c'est ....

La moitié de 10, c'est ....

2 **Problème**

Il y avait **6** poissons dans l'aquarium. Le chat en a mangé la moitié.
Combien en reste-t-il ?

Il reste .... poissons.

1 **Calcule** le résultat de chaque enfant.
Qui est le gagnant ?

.... + ... = ... + ... = ...

C'est .... qui a gagné.

2 **Complète.**

Le double de 1, c'est ....

Le double de 7, c'est ....

Le double de 3, c'est ....

Le double de 5, c'est ....

Le double de 9, c'est ....

Le double de 6, c'est ....

Le double de 10, c'est ....

Le double de 8, c'est ....

Le double de 4, c'est ....

Le double de 2, c'est ....

3 **Problème**

Il y avait **8** abeilles dans la ruche. **4** sont sorties.
Combien en reste-t-il ?

Il reste .... abeilles.

1 **Écris** le calcul correspondant à la paire de cartes et **trouve** le résultat.

8 + 8 = ...

.... + ... = ...

.... + ... = ...

.... + ... = ...

.... + ... = ...

2 **Complète.**

La moitié de 14, c'est ....

La moitié de 20, c'est ....

La moitié de 16, c'est ....

La moitié de 12, c'est ....

La moitié de 10, c'est ....

La moitié de 18, c'est ....

3 **Problème**

8 oiseaux sont posés sur une branche et **8** arrivent.
Combien y a-t-il d'oiseaux en tout ?

Il y a .... oiseaux en tout.

1 **Colorie** la moitié des poissons en rouge et l'autre moitié en vert.

La moitié de 12, c'est ....

La moitié de 14, c'est ....

2 **Barre** deux à deux le calcul et son résultat pour trouver l'intrus.

Qui est l'intrus ?		
8 + 8	7 + 7	10
14	16	12
18	6 + 6	9 + 9

Qui est l'intrus ?		
16	10	9 + 9
12	7 + 7	18
14	5 + 5	8 + 8

3 **Problème**

Pimpin a ramassé **16** carottes dans son jardin. Son voisin lui en a volé la moitié.
Combien lui reste-t-il de carottes ?

Il lui reste .... carottes.

Calcul réfléchi : prendre appui sur 5 pour calculer

1 Calcule.

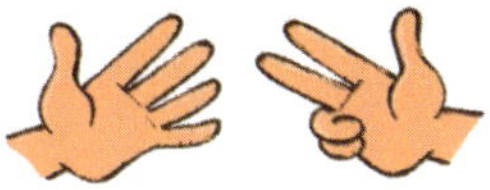

5 + 3 = ...

5 + 4 = ...

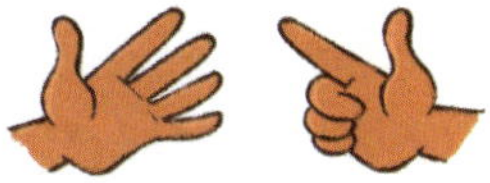

5 + 2 = ...

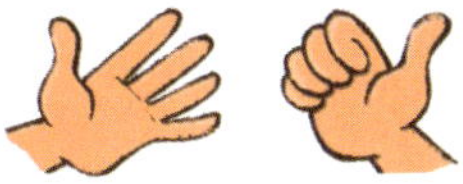

6 – 1 = ...

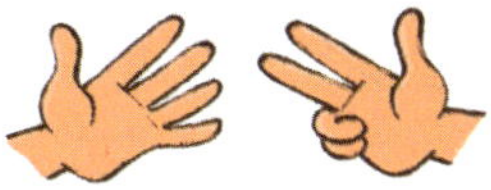

8 – 3 = ...

9 – 4 = ...

2 Colorie ce qui est juste.

5 + 3 = 8	6 – 1 = 5	9 – 3 = 5	8 – 3 = 5
8 – 2 = 5	5 + 4 = 9	5 + 2 = 8	5 + 1 = 6
7 – 2 = 5	5 + 5 = 8	7 – 3 = 5	9 – 4 = 5

3 Problème

Dans la cour, le chat chasse **8** souris.
3 entrent dans un trou.
Combien en reste-t-il ?

Il en reste ....

Calcul réfléchi : prendre appui sur 5 pour calculer

1 Calcule.

5 + 2 = ...

2 + 5 = ...

7 – 2 = ...

7 – 5 = ...

5 + 4 = ...

4 + 5 = ...

9 – 5 = ...

9 – 4 = ...

5 + 1 = ...

1 + 5 = ...

6 – 1 = ...

6 – 5 = ...

2 Problème

Il y a **6** oiseaux sur une branche.
5 s'envolent.
Combien en reste-t-il ?

Il en reste ....

Calcul réfléchi : prendre appui sur les doubles pour calculer

1 **Calcule** en prenant appui sur les doubles.

[4 + 4] + 3 = ...	2 + 6 + 6 = ...
[3] + 5 + [3] = ...	7 + 2 + 7 = ...
5 + 5 + 4 = ...	2 + 4 + 2 = ...
8 + 4 + 8 = ...	2 + 9 + 9 = ...

2 **Calcule** le montant et **complète** les calculs.

7 + 8 = [7 + 7] + 1

= ....

6 + 7 = [....... + ...] + ...

= ....

3 **Problème**

Sur la cible, Louis a lancé dans le 6 et le 7.

Combien de points a-t-il marqués ?

Il a marqué .... points.

Calcul réfléchi : prendre appui sur les compléments à 10 pour calculer

1 **Entoure** ce qui fait **10**, puis **calcule**.

4 + 2 + 6 = ...	8 + 5 + 2 = ...	9 + 4 + 6 = ...
3 + 7 + 4 = ...	5 + 5 + 7 = ...	7 + 1 + 3 = ...
2 + 1 + 9 = ...	9 + 1 + 4 = ...	5 + 6 + 5 = ...

2 **Calcule** le montant payé par chaque enfant.

Léo

.... + ... + ... = ...

Youmi

.... + ... + ... = ...

Qui a dépensé le plus ?

C'est .... qui a dépensé le plus.

3 **Problème**

Samy fait tomber les quilles qui valent **3**, **6** et **7** points.
Quel résultat a-t-il obtenu ?

Il a obtenu ....

Calcul réfléchi : prendre appui sur les compléments à 10 pour calculer

1 **Calcule** comme dans l'exemple.

9 + 6 = 9 + 1 + 5 = 15	9 + 5 = 9 + ... + ... = ...
9 + 2 = 9 + ... + ... = ...	9 + 7 = 9 + ... + ... = ...
9 + 4 = 9 + ... + ... = ...	9 + 3 = 9 + ... + ... = ...

2 **Calcule** le résultat de chaque enfant. **Entoure** le prénom du gagnant.

Lizzie

.... + ... = ...

Basti

.... + ... = ...

3 **Problème**

L'escargot a avancé de **9 cm**, a fait une pause, puis il a avancé de **7 cm**.

De combien de cm a-t-il avancé ?

Il a avancé de .... cm.

1 **Calcule.**

[4 + 4] + 3 = ...

4 + (2) + (8) = ...

(7) + 5 + (3) = ...

2 + [6 + 6] = ...

2 **Calcule** en arbre en choisissant une stratégie pour aller plus vite.

3 + 3 + 5
6 + 5
11

6 + 3 + 4
.... + ...
....

6 + 1 + 9
....
....

8 + 8 + 4
....
....

3 **Problème**

Sur la cible, Louis a lancé dans le 8, le 1 et le 9.
Combien de points a-t-il marqués ?

Il a marqué .... points.

1 **Colorie** de la même couleur les calculs et leurs résultats.

13 | 8 | 11 | 15

4 + 3 + 4

1 + 3 + 9

2 + 4 + 2

4 + 6 + 5

3 + 5 + 7

3 + 3 + 2

3 + 2 + 8

5 + 1 + 5

2 **Calcule** le résultat de chaque enfant.
Qui est le gagnant ?

Arthur

Tim

.... + ... + ... = ...

.... + ... + ... = ...

Le gagnant est ....

1 **Complète** les opérations.

20 = 12 + ...	40 = 36 + ...	50 = 43 + ...
30 = 25 + ...	20 = 19 + ...	40 = 38 + ...
50 = 47 + ...	30 = 21 + ...	20 = 14 + ...

2 **Colorie** deux nombres qui font **20** de la même couleur.

12 6 8 7 9

19 14 11 13 15 5

16 17 1 4 3

3 **Problème**

Alma achète un livre à **13 €**.
Elle donne **20 €** à la caissière.
Combien celle-ci lui rend-elle ?

La caissière lui rend ....

Se déplacer sur la droite numérique (avancer/reculer)

1 **Fais** des bonds pour aider Pimpin à avancer sur la droite numérique.

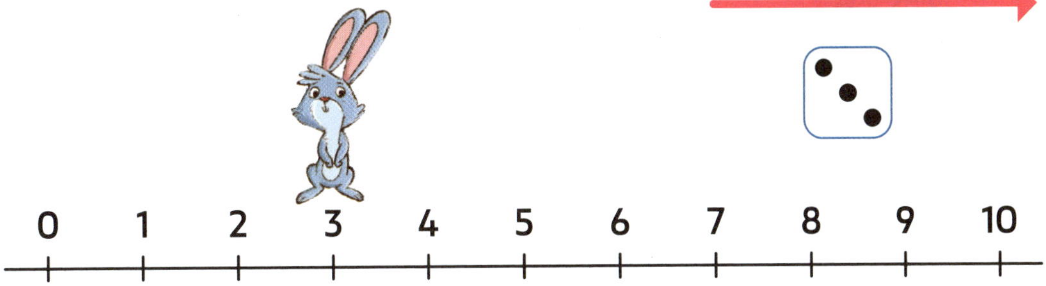

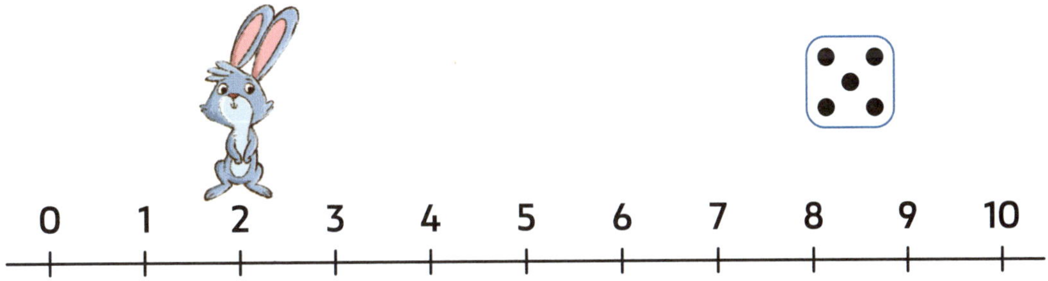

2 **Fais** des bonds pour aider Pimpin à reculer sur la droite numérique.

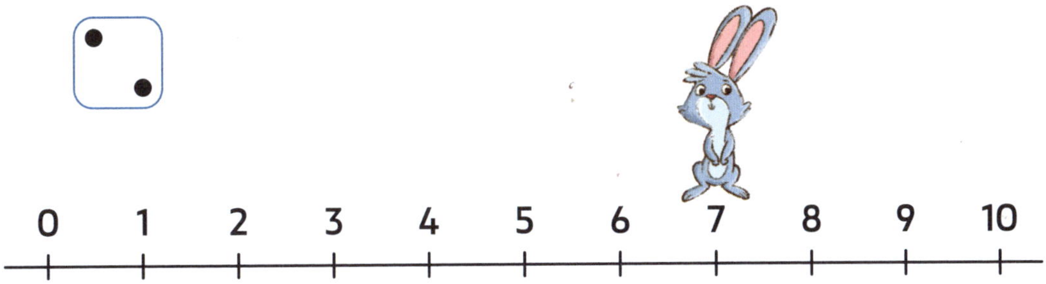

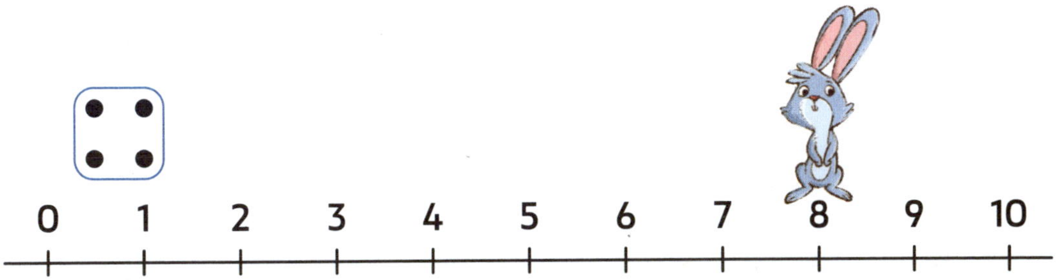

1 **Écris** le signe qui correspond à la manipulation.

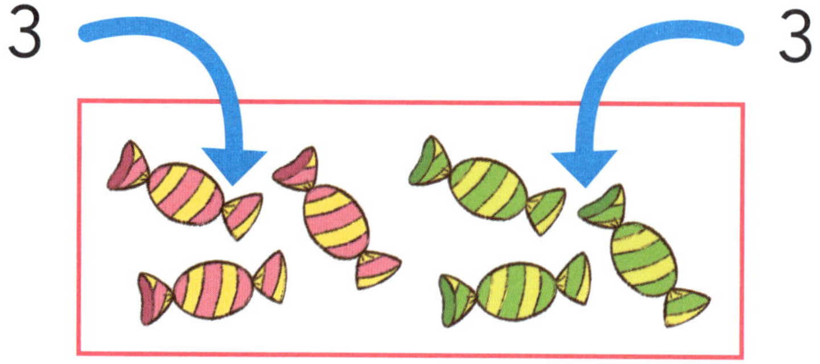

3 .... 3 = 6

4 .... 1 = 3

2 **Dessine** les bonbons et **écris** la réponse aux calculs.

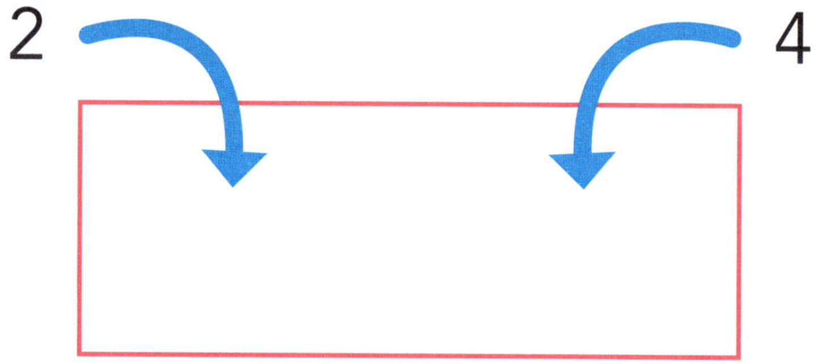

2 + 4 = ...

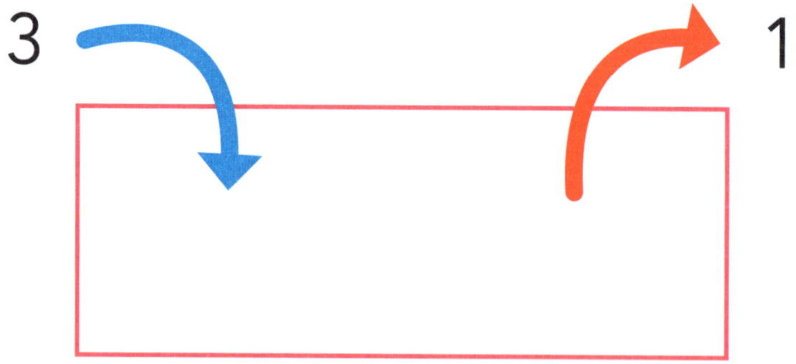

3 – 1 = ...

1 **Complète** le dessin et **écris** la réponse.

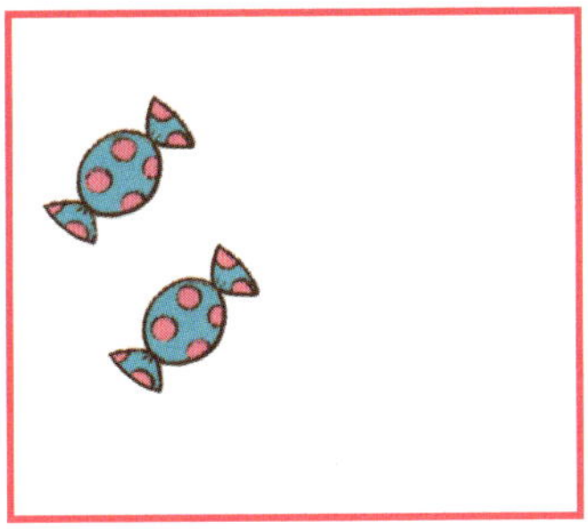

2 + 3 = ... 1 + 2 = ... 3 + 1 = ...

Barre les bonbons à enlever et **écris** la bonne réponse.

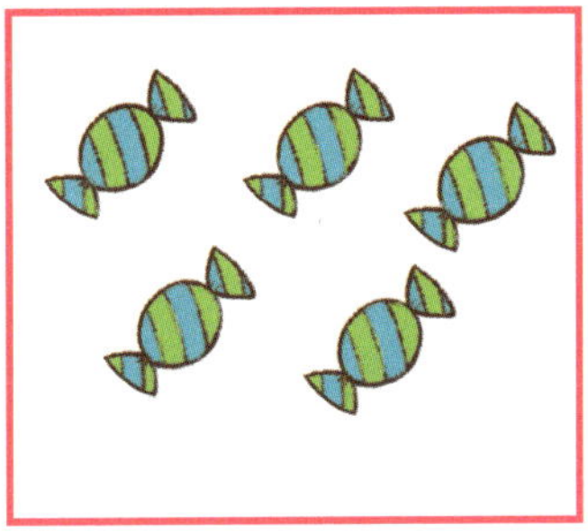

3 – 2 = ... 4 – 1 = ... 5 – 3 = ...

2 **Dessine** les bonbons et **calcule**.

1 + 3 4 – 2 3 + 3

1 **Écris** le nombre total de bonbons.

.... + ... + ... = ...

2 **Dessine** les bonbons et **complète** le calcul.

\+ +

3 + 2 + 4 = ...

3 **Colorie** chaque calcul de la même couleur que son résultat.

1 2 3 4

4 – 3 5 – 2 1 + 1

3 – 1 5 – 1

2 + 1 2 + 2 0 + 1

1 **Colorie** de la même couleur deux représentations qui font **3**.

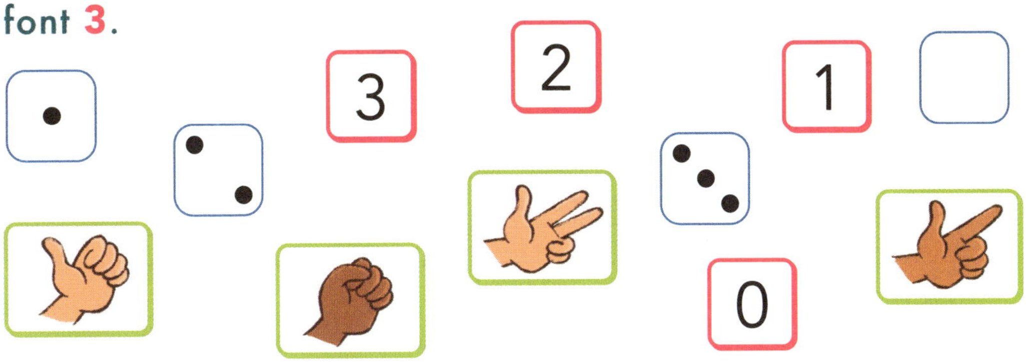

2 **Complète** la maison du **3**.

3

0 + ...

2 + ...

1 + ...

3 + ...

3 **Problème**

Il y a **3** poissons dans l'aquarium.
Combien de poissons sont cachés par le chat ?

.... + ... = 3

Il y a .... poisson caché.

1 **Barre** les calculs faux.

~~1 + 1 = 3~~	3 + 0 = 3	1 + 3 = 3	2 + 0 = 3
3 + 1 = 3	2 + 1 = 3	1 + 2 = 3	0 + 3 = 3

2 **Colorie** les poissons avec les bonnes couleurs.

1 + 2 

2 + 1 

3 + 0 

0 + 3 

3 **Problème**

Pimpin est sur le 1.

De combien de bonds doit-il encore avancer pour arriver sur le 3 ?

Il doit avancer de .... bonds.

1 **Colorie** de la même couleur deux représentations qui font **4**.

2 **Complète** la maison du **4**.

4

0 + ...

1 + ...

2 + ...

3 + ...

4 + ...

3 **Problème**

Il y a **4** poissons dans l'aquarium.
Combien de poissons sont cachés par le chat ?

.... + ... = 4

Il y a .... poissons cachés.

1 **Barre** les calculs faux.

~~0 + 5 = 4~~	3 + 0 = 4	3 + 1 = 4	0 + 4 = 4
1 + 3 = 4	2 + 2 = 4	1 + 2 = 4	0 + 3 = 4

2 **Colorie** les poissons avec les bonnes couleurs.

1 + 3 

2 + 2 

4 + 0 

3 + 1 

3 **Problème**

Pimpin est sur le **2**.

De combien de bonds doit-il encore avancer pour arriver sur le 4 ?

Il doit avancer de .... bonds.

1 **Complète** la maison du **5**.

5

0 + ...	3 + ...
1 + ...	4 + ...
2 + ...	5 + ...

2 **Colorie** de la même couleur deux nombres qui font **5**.

2 0 3 5 1 2

0 4 1 3 4 5

3 **Problème**

Il y a **5** poissons dans l'aquarium.
Combien de poissons sont cachés par le chat ?

.... + ... = 5

Il y a .... poissons cachés.

1 Dessine la deuxième flèche pour que le résultat fasse 5.

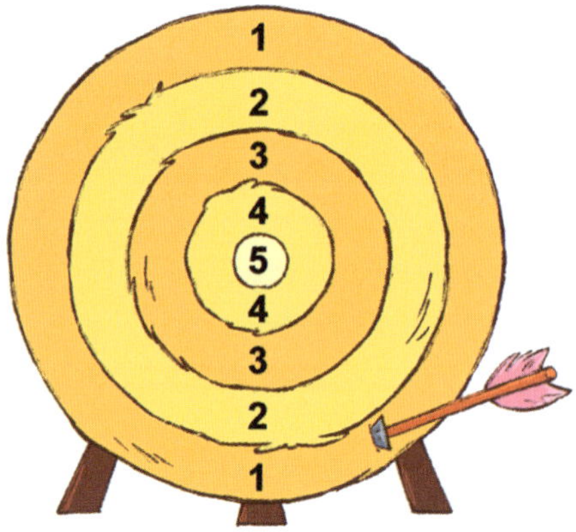

2 Colorie tous les calculs qui font 5.

0 + 5	3 + 3	1 + 4	5 + 0
1 + 3	4 + 1	1 + 5	2 + 3
2 + 2	3 + 2	2 + 4	5 + 1

3 Problème

Il y a 5 poissons dans l'aquarium.
Combien de poissons sont cachés par le chat ?

.... + ... = 5

Il y a .... poissons cachés.

1 Colorie tous les calculs qui font 6.

0 + 5	4 + 2	1 + 4	5 + 0
1 + 5	4 + 1	5 + 1	2 + 3
2 + 2	3 + 3	2 + 4	5 + 2

2 Complète la maison du 6.

6

0 + ...		4 + ...
1 + ...	3 + ...	5 + ...
2 + ...		6 + ...

3 Problème

Il y a **6** poissons dans l'aquarium.
Combien de poissons sont cachés par le chat ?

Il y a .... poissons cachés.

1 Barre les calculs faux.

~~2 + 6 = 7~~	6 + 1 = 7	4 + 3 = 7	2 + 5 = 7
3 + 4 = 7	1 + 5 = 7	1 + 6= 7	4 + 5 = 7
5 + 2 = 7	3 + 3 = 7	6 + 2 = 7	0 + 7 = 7

2 Complète la maison du 7.

7

0 + ...

1 + ...

2 + ...

3 + ...

4 + ...

5 + ...

6 + ...

7 + ...

3 Problème

Pimpin est sur le **3**.

De combien de bonds doit-il encore avancer pour arriver sur le 7 ?

Il doit avancer de .... bonds.

1 **Colorie** tous les calculs qui font **8**.

2 + 5	4 + 4	5 + 4	5 + 2
5 + 3	2 + 6	6 + 1	1 + 7

2 **Complète** la maison du **8**.

8

0 + ...	3 + ...	6 + ...
1 + ...	4 + ...	7 + ...
2 + ...	5 + ...	8 + ...

3 **Problème**

Il y a **8** poissons dans l'aquarium.
Combien de poissons sont cachés par le chat ?

Il y a .... poissons cachés.

1 **Barre** les calculs faux.

~~2 + 6 = 9~~	6 + 3 = 9	4 + 4 = 9	2 + 7 = 9
5 + 4 = 9	5 + 5 =9	1 + 6 = 9	1 + 8 = 9

2 **Complète** la maison du **9**.

9

0 + ...		6 + ...
1 + ...	4 + ...	7 + ...
2 + ...	5 + ...	8 + ...
3 + ...		9 + ...

3 **Problème**

Pimpin est sur le **2**.

De combien de bonds doit-il encore avancer pour arriver sur le 9 ?

Il doit avancer de .... bonds.

Manipuler la soustraction et les maisons des nombres

1 **Complète** ces soustractions en t'aidant du dessin.

6 – 2 = ...   6 – 6 = ...

6 – 4 = ...   6 – 0 = ...

2 **Relie** ces soustractions aux bonnes maisons.

9 – 5	4	8 – 4
8 – 2	5	9 – 3
6 – 1	6	7 – 1
7 – 3		9 – 4

Manipuler la soustraction et les maisons des nombres

1 Complète.

Pimpin recule de **3** bonds.

7 – .... = ...

Pimpin arrive sur le ....

2 Complète.

5 – .... = ...

Il reste .... bonbons.

3 Problème

Pimpin est sur le **7**. Il recule de **5** bonds.

Sur quel nombre arrive-t-il ?

Il arrive sur le ....

Les nombres de 0 à 79 : représenter des nombres

1 **Dessine** les nombres à l'aide de la base **10**.

76	79	71

2 **Écris** les nombres en lettres.

74 : ....

79 : ....

76 : ....

soixante
dix
quatorze
seize
neuf

3 **Complète.**

72	60 + 12	70 + 2
75	60 + ...	70 + ...
77	60 + ...	70 + ...
78	60 + ...	70 + ...

Les nombres de 0 à 79 : dénombrer des quantités

1 Colorie ce qu'il faut pour représenter le nombre.

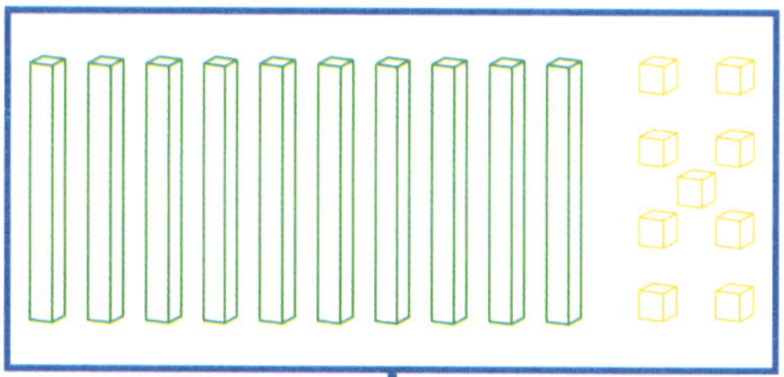

74

65

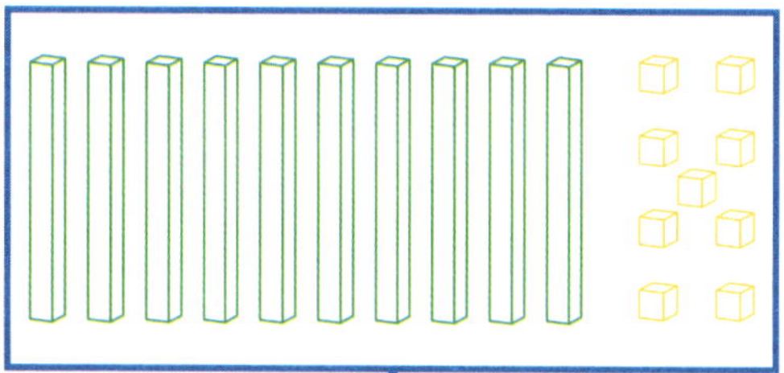

73

77

2 Fais des paquets de 10 pour compter les poissons.

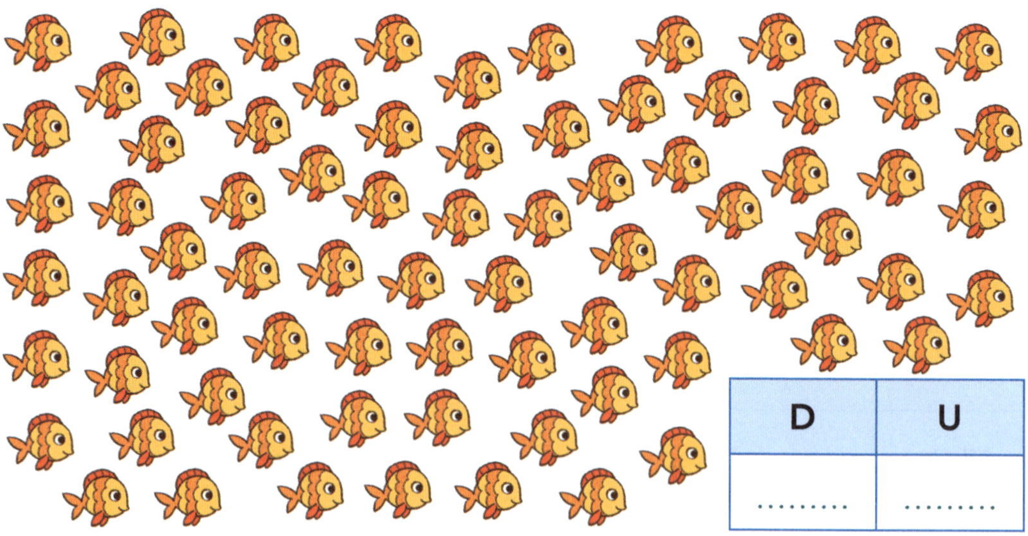

D	U
....	....

Les nombres de 0 à 79 : comparer et ranger des nombres

1 **Complète** avec le signe qui convient.

72 62	75 76	70 60
71 75	74 47	19 70
64 38	73 79	78 78

2 **Écris** le nombre qui vient avant et celui qui vient après.

....	74	....		....	70	....
....	71	....		....	78	....
....	69	....		....	61	....

3 **Range** les nombres dans le train dans l'ordre décroissant :
74 - 56 - 21 - 86 - 35.

Les nombres de 0 à 79 : se repérer sur une droite numérique et dans le tableau des nombres

1 Écris les nombres.

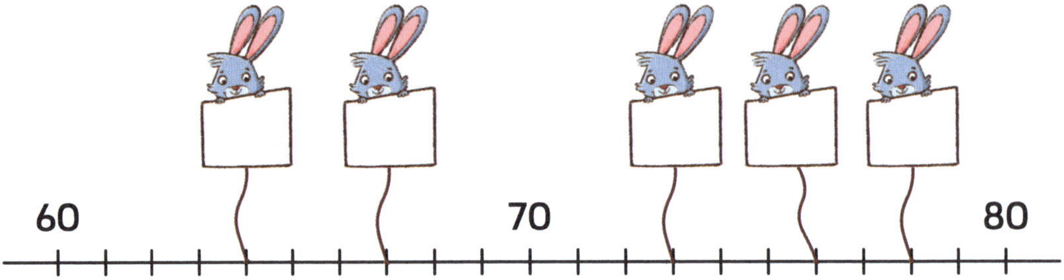

2 Complète les cases grisées du tableau des nombres.

0				4					9
	....	....	....					....	....
						....			
....	31	....				....			....
						....	47		....
				....					....
	....								
					....	....	....		79

Les nombres de 0 à 89 : représenter des nombres

1 **Dessine** les nombres à l'aide de la base **10**.

85

89

82

2 **Écris** les nombres en lettres.

vingt

un

quatre

sept

81 : ....

87 : ....

84 : ....

3 **Complète.**

83	20 + 20 + 20 + 20 + 3	80 + 3
85	20 + 20 + 20 + 20 + ...	80 + ...
88	20 + 20 + 20 + 20 + ...	80 + ...
89	20 + 20 + 20 + 20 + ...	80 + ...

Les nombres de 0 à 89 : dénombrer des quantités

1 Colorie ce qu'il faut pour représenter le nombre.

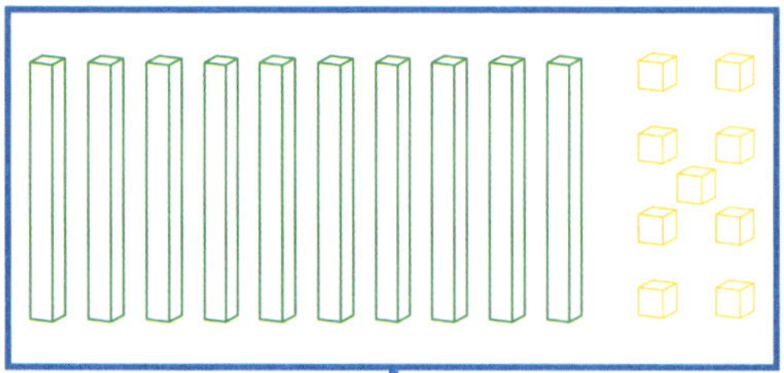

84

87

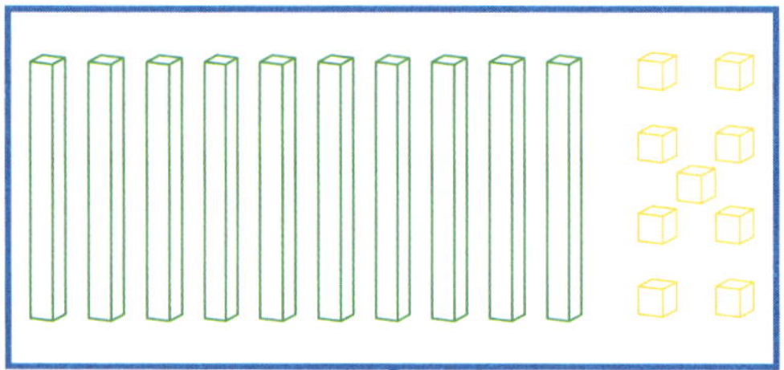

86

82

2 Fais des paquets de 10 pour compter les poissons.

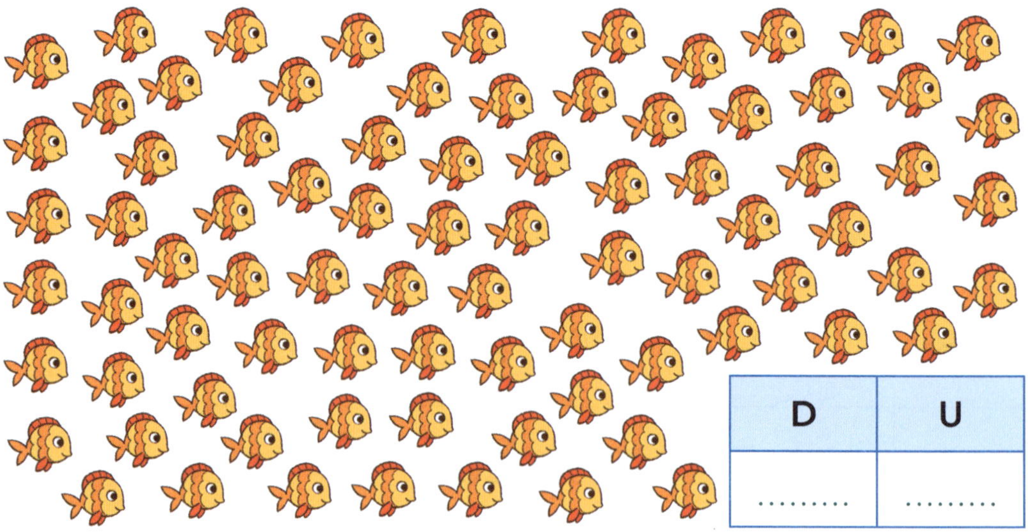

D	U
....	....

Les nombres de 0 à 89 : comparer et ranger des nombres

1 ✎ **Complète** avec le signe qui convient.

87 81	83 89	88 88
74 65	76 86	19 79
82 86	84 85	87 78

2 ✎ **Écris** le nombre qui vient avant et celui qui vient après.

....	75	....	....	81	....
....	84	....	....	77	....
....	88	....	....	72	....

3 ✎ **Range** les nombres dans le train dans l'ordre croissant :
87 - 54 - 83 - 78 - 65.

Les nombres de 0 à 89 : se repérer sur une droite numérique et dans le tableau des nombres

1 **Écris** les nombres.

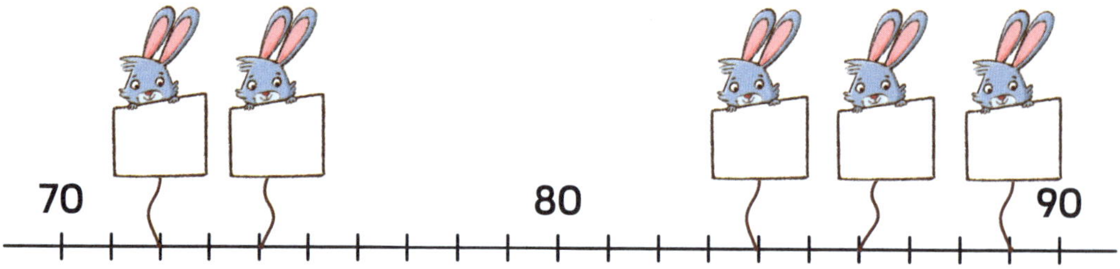

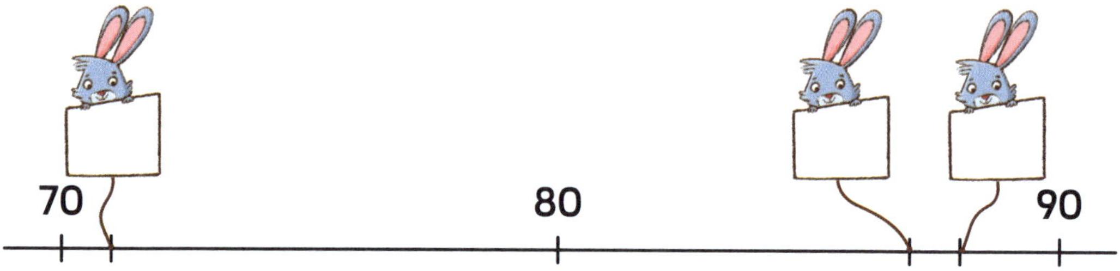

2 **Complète** les cases grisées du tableau des nombres.

0					....	6	7		
	....	....						....	....
							....		
		....	....	....	45				
....								....	59
....					....				
70	71				....				
	....	....			....				

Les nombres de 0 à 99 : représenter des nombres

1 **Dessine** les nombres à l'aide de la base **10**.

94

98

91

2 **Écris** les nombres en lettres.

92 : ....

99 : ....

95 : ....

vingt
quatre
neuf
dix
douze
quinze

3 **Complète.**

91	80 + 11	90 + 1
93	80 + ...	90 + ...
96	80 + ...	90 + ...
97	80 + ...	90 + ...

Les nombres de 0 à 99 : dénombrer des quantités

1 **Colorie** ce qu'il faut pour représenter le nombre.

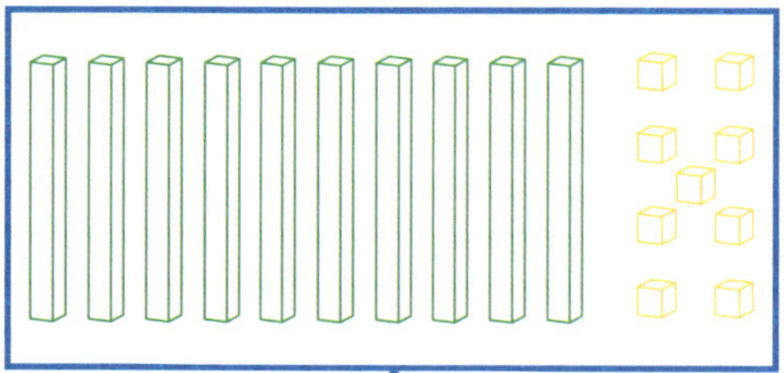

96

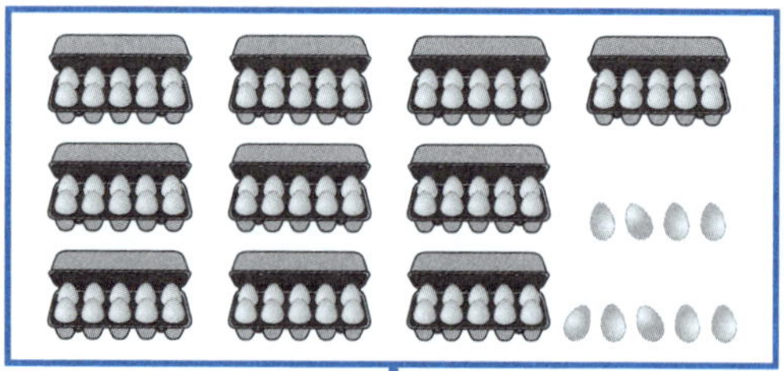

94

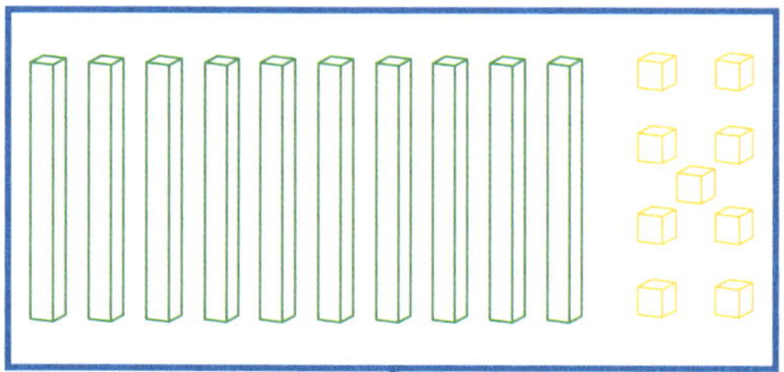

90

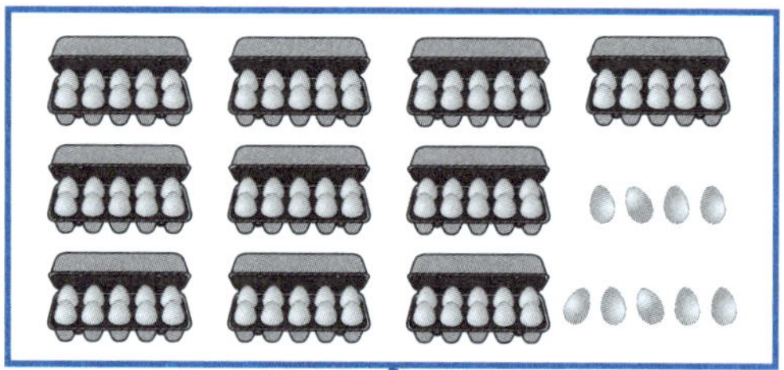

83

2 **Fais** des paquets de **10** pour compter les poissons.

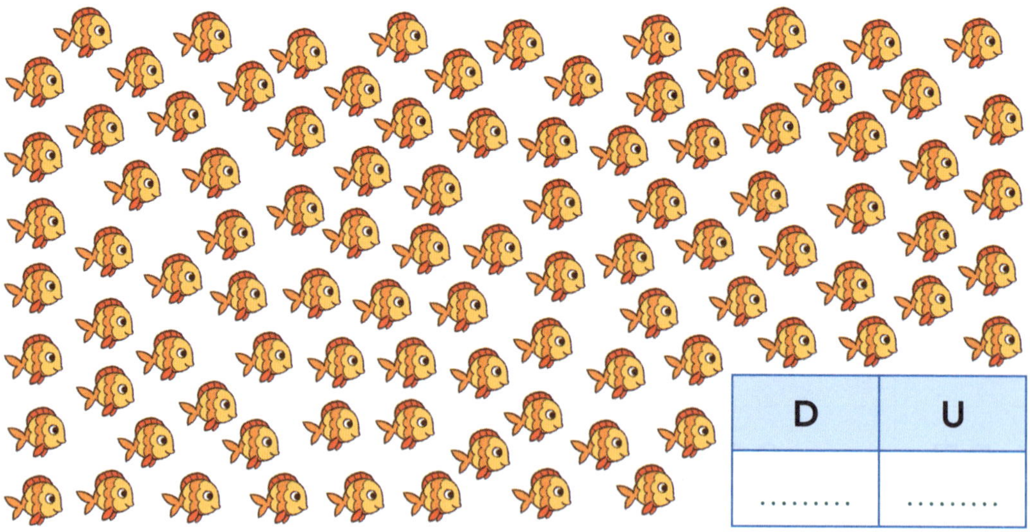

D	U
....	....

Les nombres de 0 à 99 : comparer et ranger des nombres

1 **Complète** avec le signe qui convient.

< > =

89 98	84 94	97 91
56 26	96 93	95 25
87 88	92 92	80 90

2 **Écris** le nombre qui vient avant et celui qui vient après.

....	98	....
....	86	....
....	91	....

....	95	....
....	82	....
....	79	....

3 **Range** les nombres dans le train dans l'ordre décroissant : 65 - 89 - 94 - 63 - 98.

Les nombres de 0 à 99 : se repérer sur une droite numérique et dans le tableau des nombres

1 **Écris** les nombres.

2 **Complète** les cases grisées du tableau des nombres.

							....		
	11	....				....	....	....	
	....	....	....			26	....		
		....							
		52	....			....	57		
					....	....	....		
	....					....			
....	....	....							
	....	92					....	98	

1 **Barre** ce qui ne fait pas **100**.

		quatre-vingt-neuf
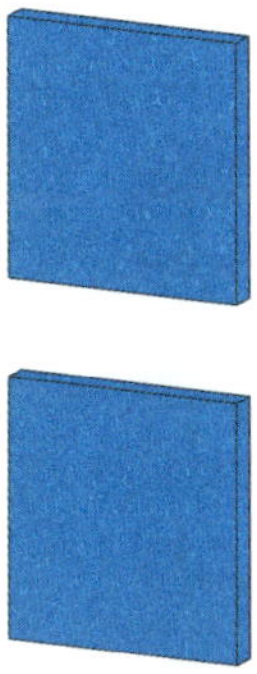		100
	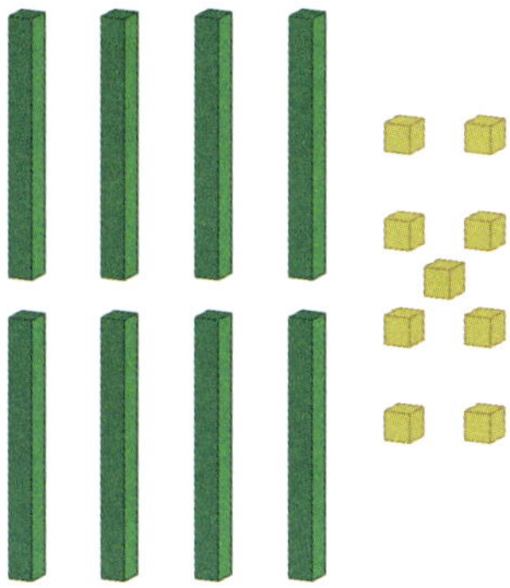	
	cent	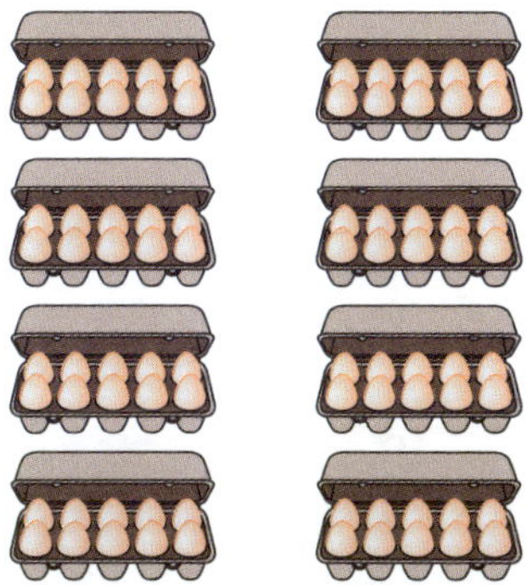

Le nombre 100

1 **Écris** les dizaines sur la corde.

2 **Colorie 100** dans chaque collection.

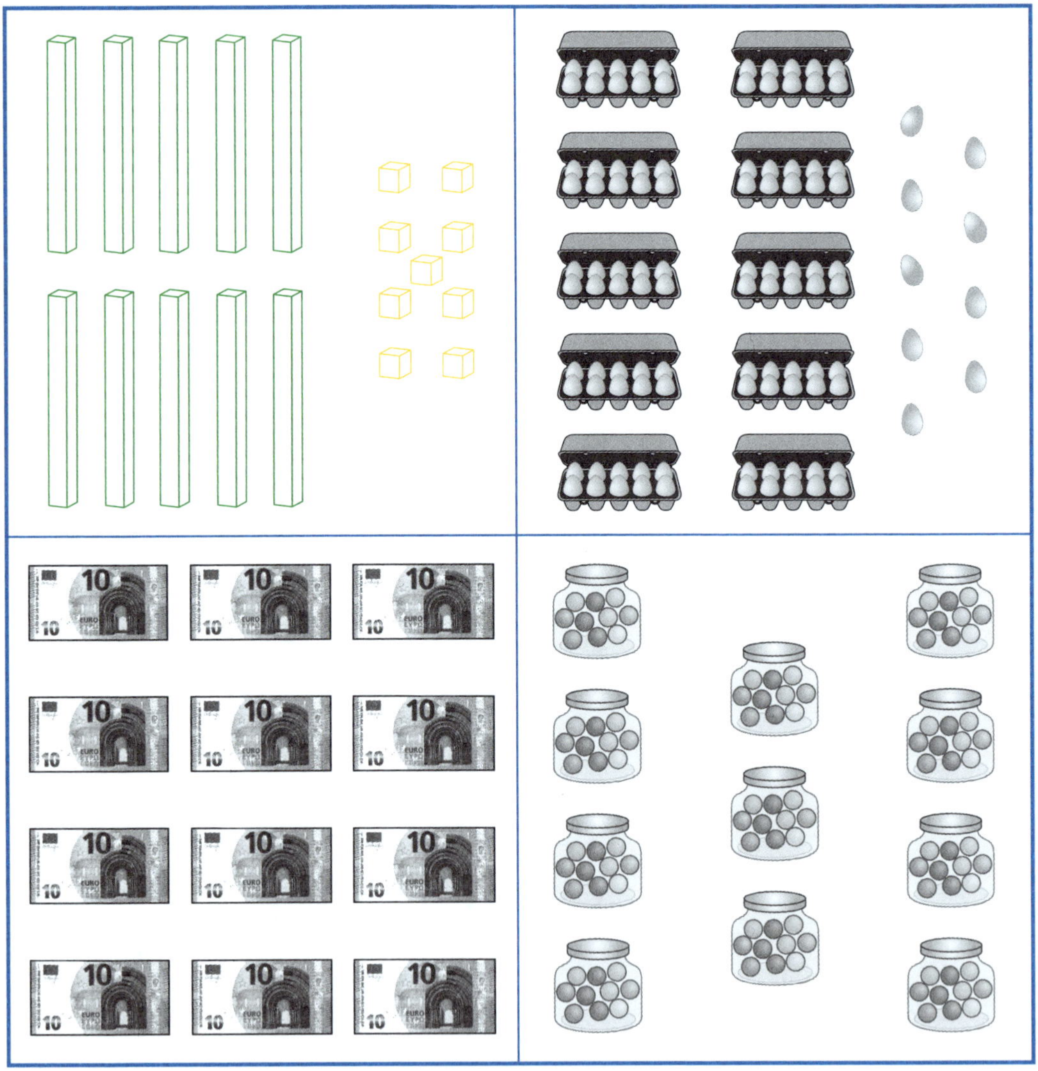

1 **Colorie** les cases selon le code couleur.

50	60	70	80	90	100

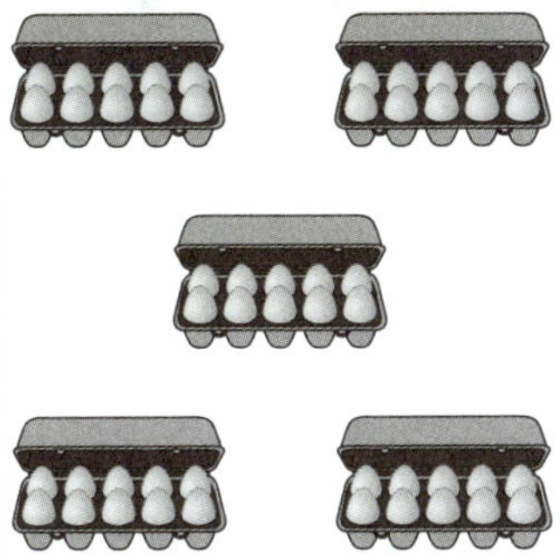	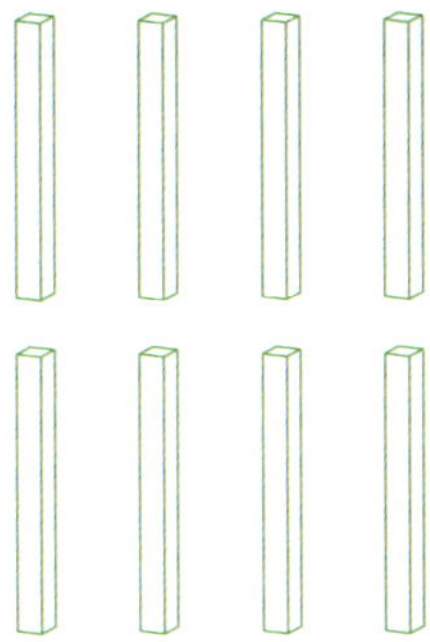	quatre-vingts
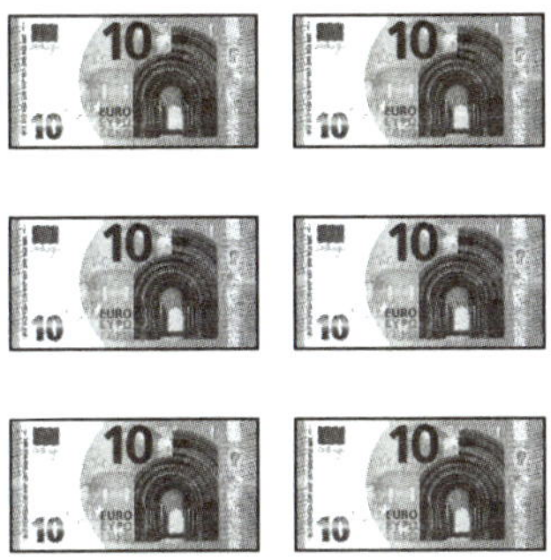	100	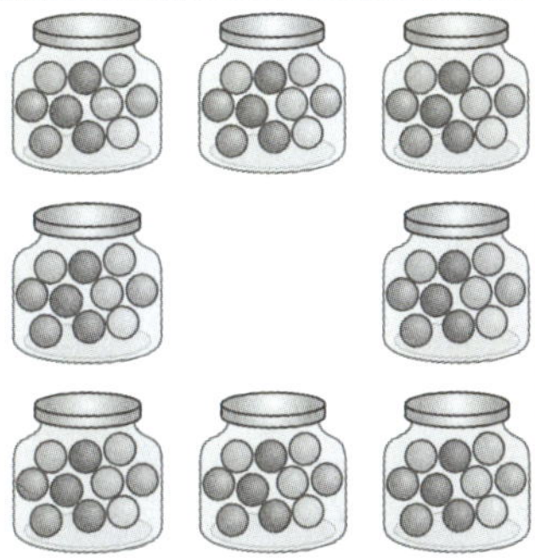
quatre-vingt-dix		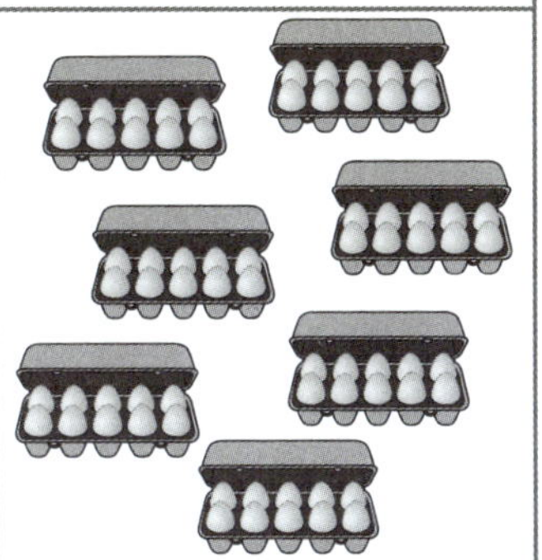
	60	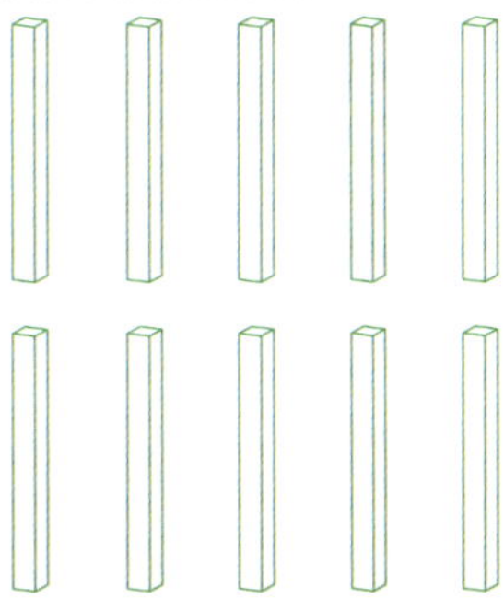

1 **Relie** les nombres de **1** à **100**.

Les nombres de 0 à 29 : représenter des nombres

1 **Représente** les nombres avec la base **10**.

26	21	23	27

2 **Écris** les nombres en lettres.

vingt — deux — cinq — huit

25 : ....

22 : ....

28 : ....

3 **Complète.**

21	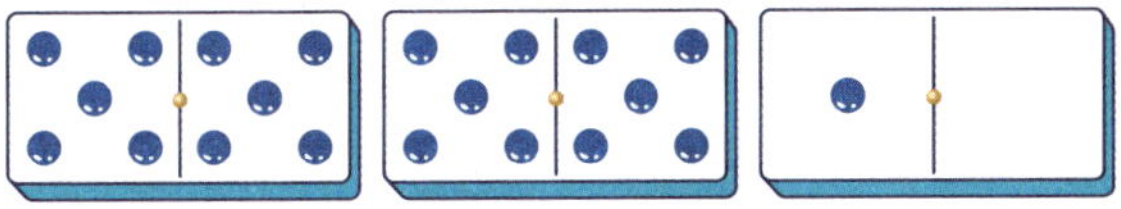	**20 + 1**
24	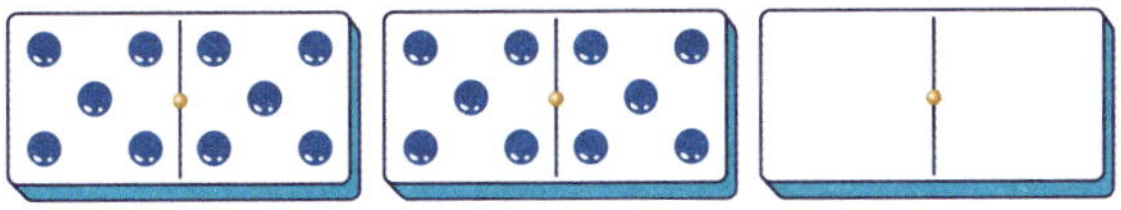	20 + ...
27		20 + ...
29	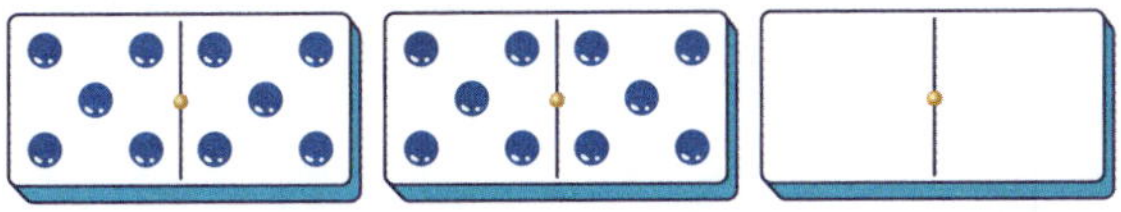	20 + ...

Les nombres de 0 à 29 : dénombrer des quantités

1 **Écris** les nombres représentés.

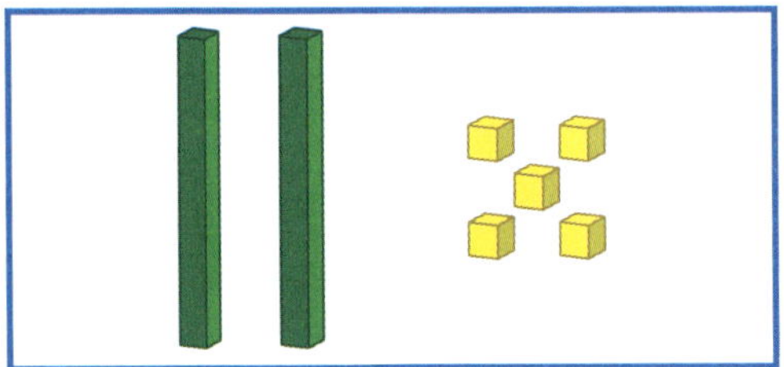

....

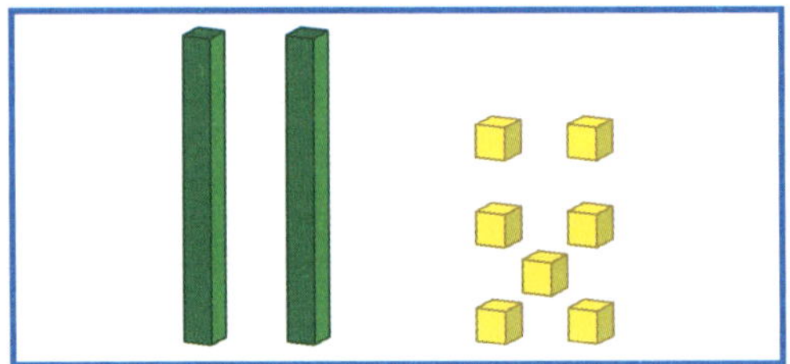

....

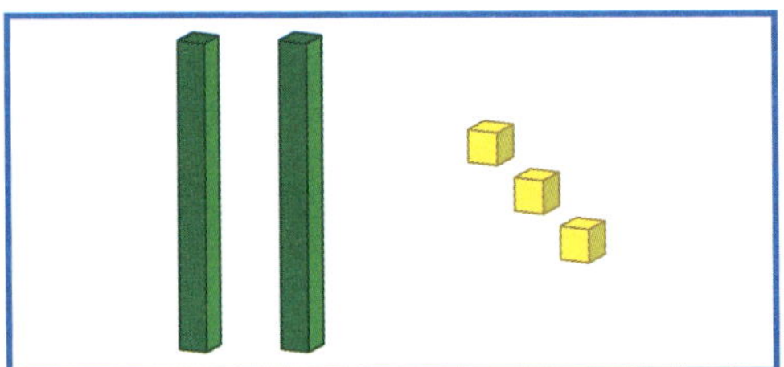

....

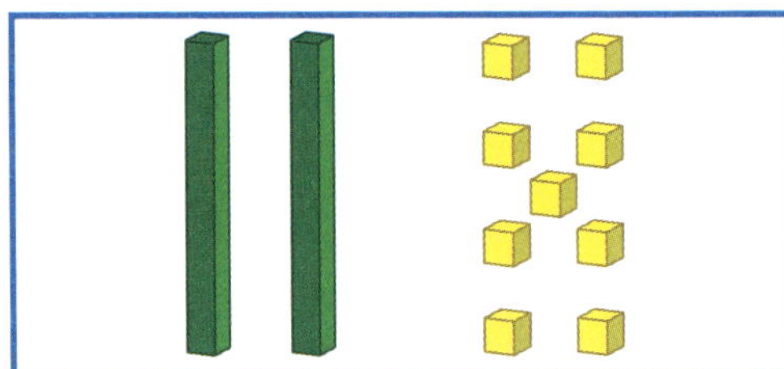

....

2 **Fais** des paquets de **10** pour compter les poissons.

D	U
....	....

1 **Complète** avec le signe qui convient.

< > =

23 .... 19 27 .... 5 24 24

25 .... 15 12 .... 22 26 29

23 .... 28 9 .... 21 10 20

2 **Écris** le nombre qui vient avant et celui qui vient après.

....	12	....		....	27	....
....	20	....		....	16	....
....	25	....		....	23	....

3 **Range** les nombres dans le train dans l'ordre croissant :
28 - 14 - 25 - 7 - 19.

Les nombres de 0 à 29 : se repérer sur une droite numérique et dans le tableau des nombres

1 **Écris** les nombres.

2 **Relie** les pancartes au bon emplacement sur la droite.

3 **Complète** le tableau des nombres.

0	1	2	....	4	5	6	....	....	9
10	....	12	13	14	....	16	17	18	19
....	21	22	23	....	25	....	....	28	29

1 **Dessine** les nombres à l'aide de la base **10**.

38	32	24	35

2 **Écris** les nombres en lettres.

31 : ....

37 : ....

33 : ....

trente

un

trois

sept

3 **Complète.**

33		**30 + 3**
35	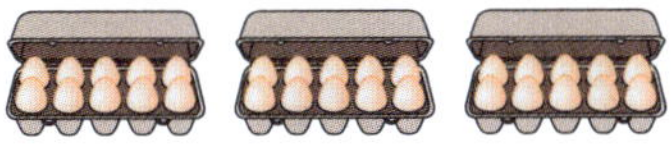	30 + ...
36	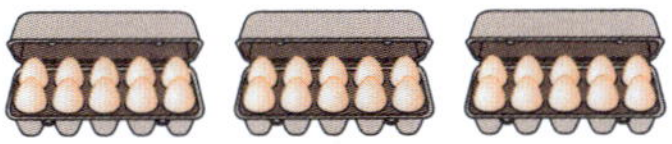	30 + ...
39	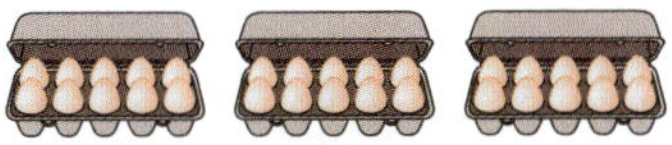	30 + ...

Les nombres de 0 à 39 : dénombrer des quantités

1 Écris les nombres représentés.

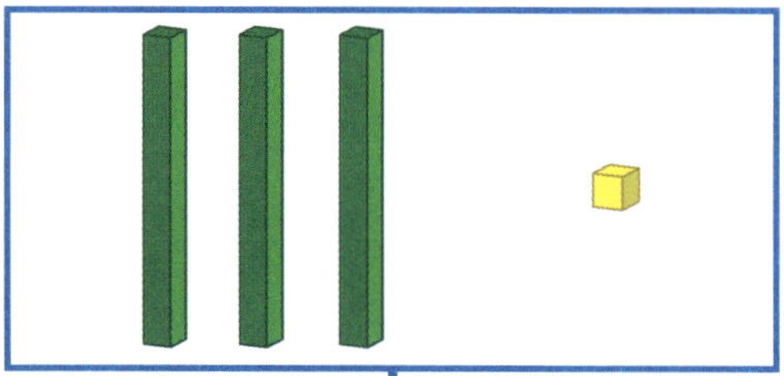

....

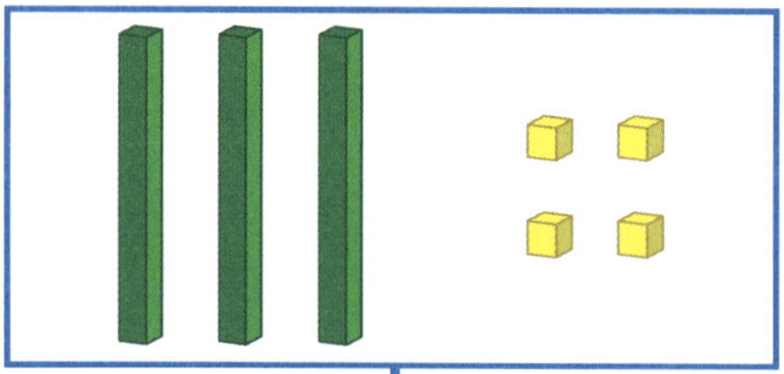

....

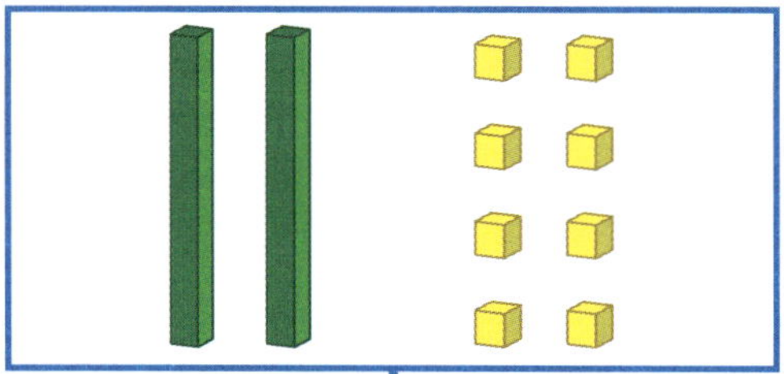

....

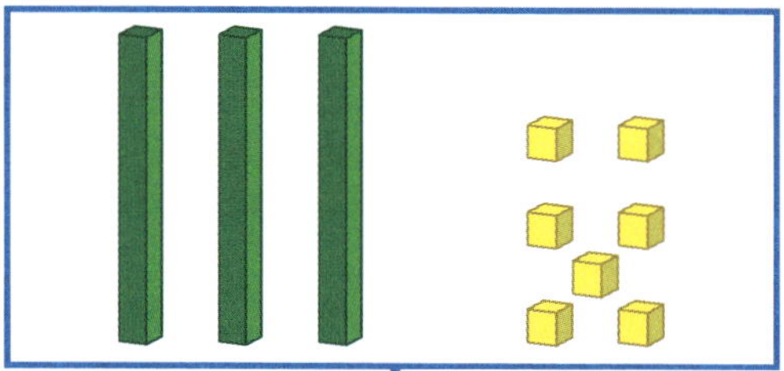

....

2 Fais des paquets de 10 pour compter les poissons.

D	U
....	....

Les nombres de 0 à 39 : comparer et ranger des nombres

1 **Complète** avec le signe qui convient.

< > =

32 29	35 35	30 20
37 15	13 31	33 34
24 38	9 32	38 39

2 **Écris** le nombre qui vient avant et celui qui vient après.

....	17	....
....	37	....
....	35	....
....	32	....
....	29	....
....	22	....

3 **Range** les nombres dans le train dans l'ordre croissant :
16 - 32 - 6 - 28 - 39.

Les nombres de 0 à 39 : se repérer sur une droite numérique et dans le tableau des nombres

1 **Écris** les nombres.

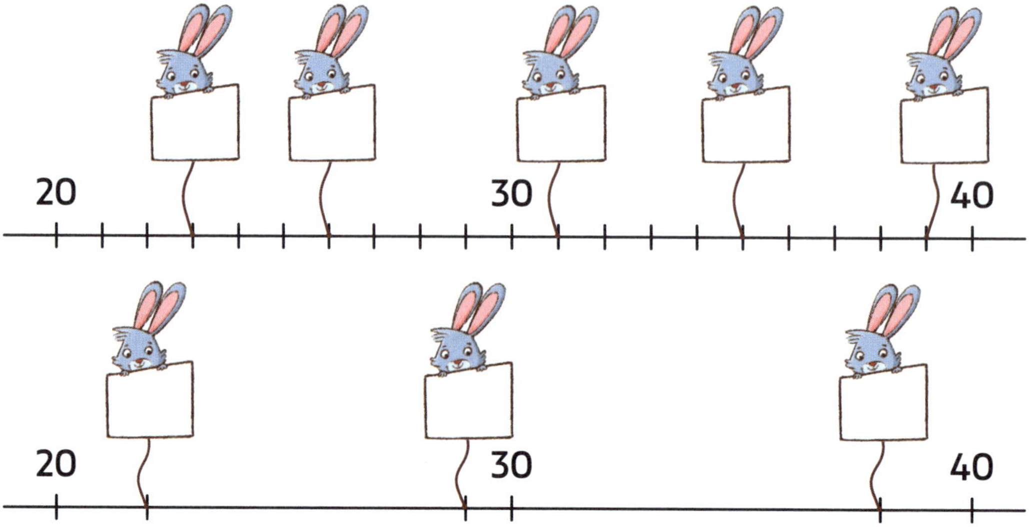

2 **Relie** les pancartes au bon emplacement sur la droite.

3 **Complète** le tableau des nombres.

0	....	2	3	4	5	....	7	8	9
10	11	....	....	14	15	16	17	18	....
20	21	22	23	24	....	....	....	28	29
....	31	32	33	....	....	36	....	38	39

1 Dessine les nombres à l'aide de la base 10.

46	49	41	33

2 Écris les nombres en lettres.

44 : ....

49 : ....

46 : ....

quarante

quatre

six

neuf

3 Complète.

42		**40 + 2**
45	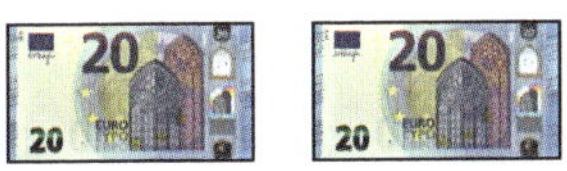	40 + ...
47	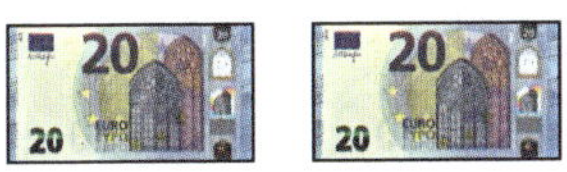	40 + ...
48	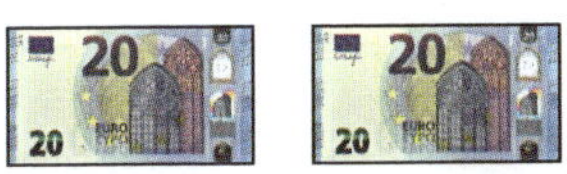	40 + ...

Les nombres de 0 à 49 : dénombrer des quantités

1 Écris les nombres représentés.

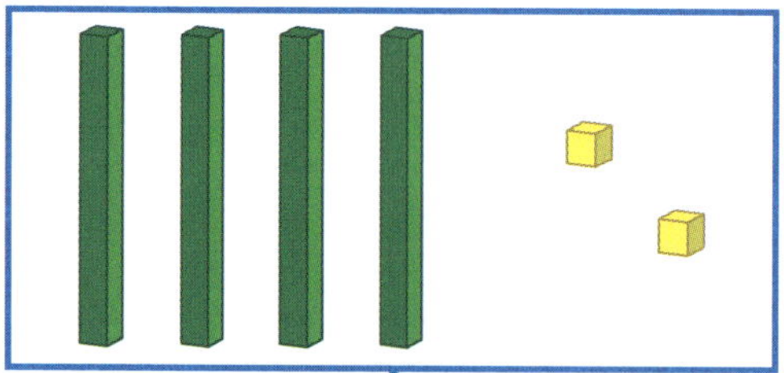

....

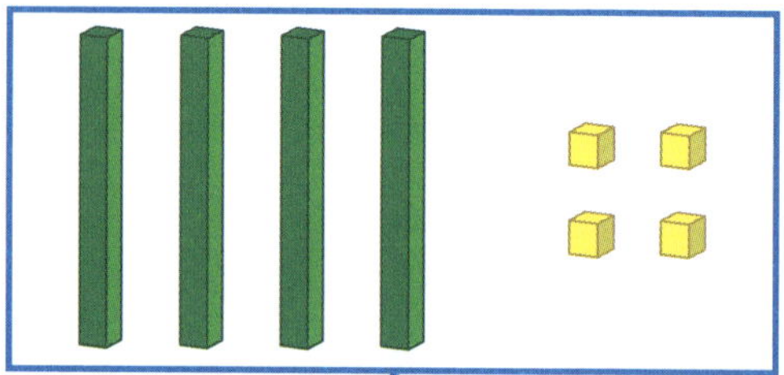

....

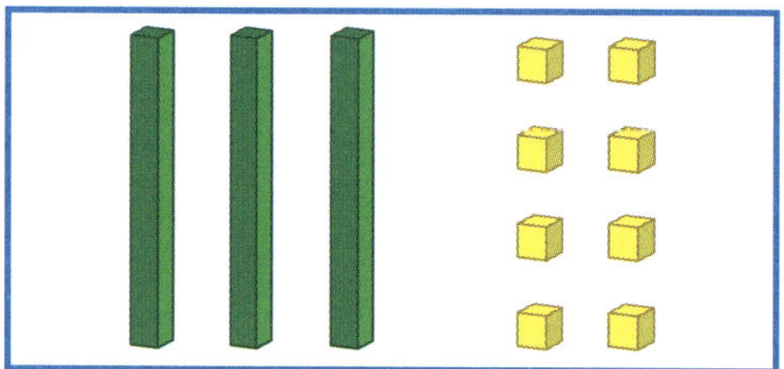

....

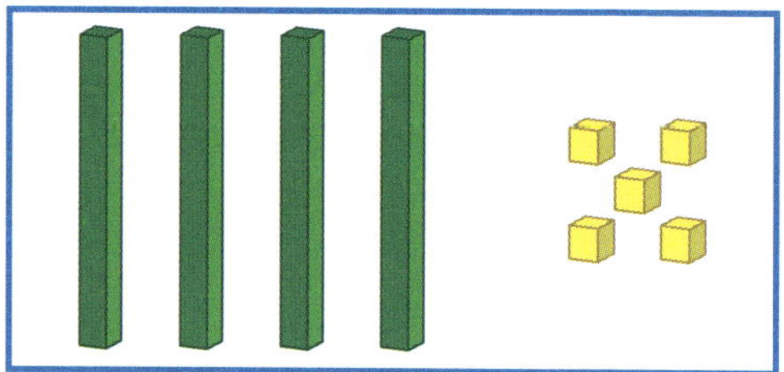

....

2 Fais des paquets de 10 pour compter les poissons.

D	U
....	....

Les nombres de 0 à 49 : comparer et ranger des nombres

1 **Complète** avec le signe qui convient.

<   >   =

32 42   45 42   40 30

47 45   14 41   8 40

34 38   43 43   47 48

2 **Écris** le nombre qui vient avant et celui qui vient après.

....	27	....
....	45	....
....	48	....

....	39	....
....	41	....
....	35	....

3 **Range** les nombres dans le train dans l'ordre décroissant : 43 - 26 - 9 - 46 - 35.

Les nombres de 0 à 49 : se repérer sur une droite numérique et dans le tableau des nombres

1 **Écris** les nombres.

2 **Relie** les pancartes au bon emplacement sur la droite.

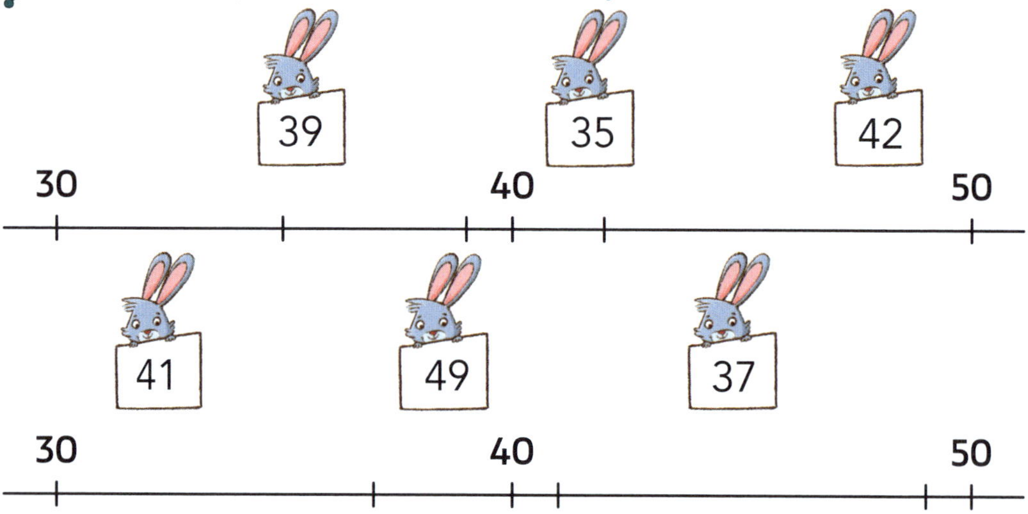

3 **Complète** le tableau des nombres.

....	1	2	....	4	5	6	....	8	9
10	11	12	13	....	15	....	17	18	19
20	....	....	23	24	25	26	27	....	....
....	31	32	....	34	....	36	37	38	39
40	41	42	43	....	....	46	47	....	49

Les nombres de 0 à 59 : représenter des nombres

1 **Dessine** les nombres à l'aide de la base **10**.

57 — 43 — 52 — 59

2 **Écris** les nombres en lettres.

cinquante — cinq — six — huit

56 : ....

58 : ....

55 : ....

3 **Complète.**

51		**50 + 1**
53		50 + ...
54		50 + ...
56		50 + ...

Les nombres de 0 à 59 : dénombrer des quantités

1 **Écris** les nombres représentés.

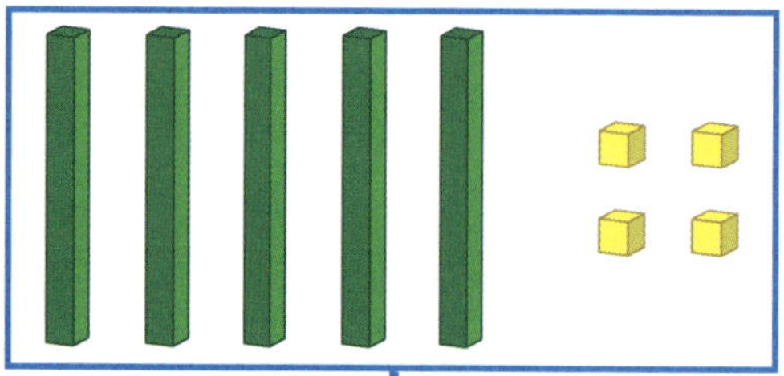

....

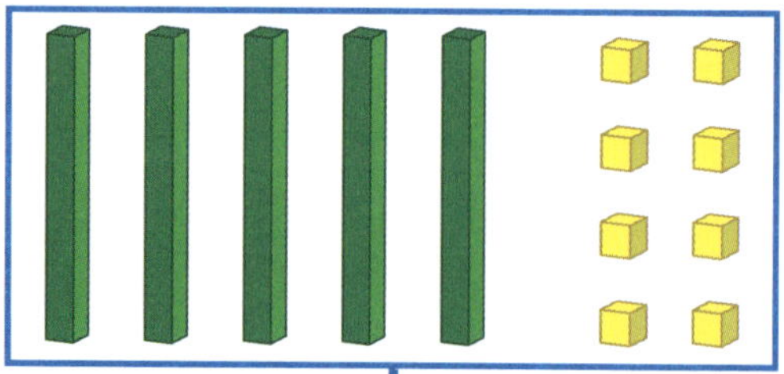

....

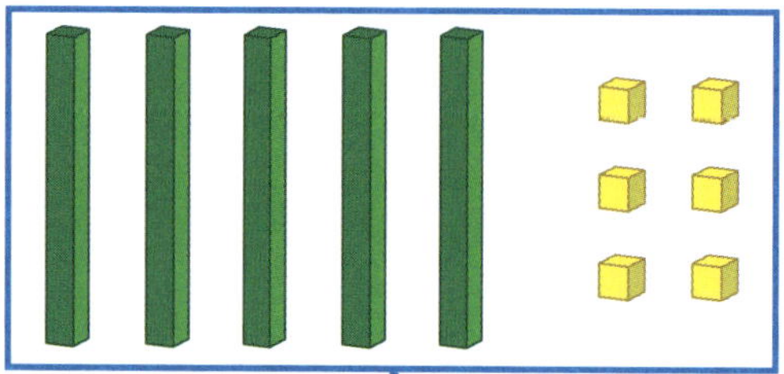

....

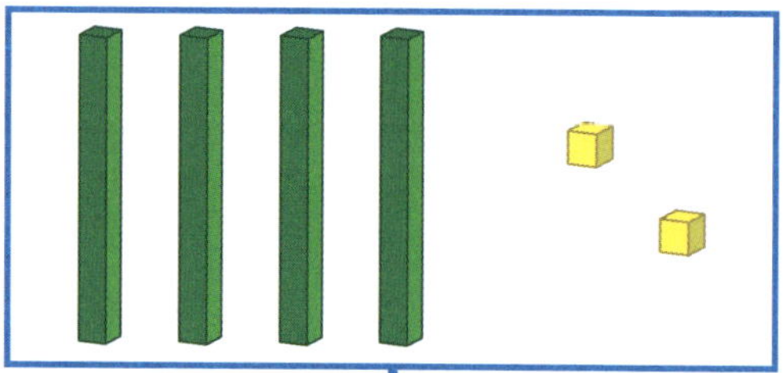

....

2 

Fais des paquets de **10** pour compter les poissons.

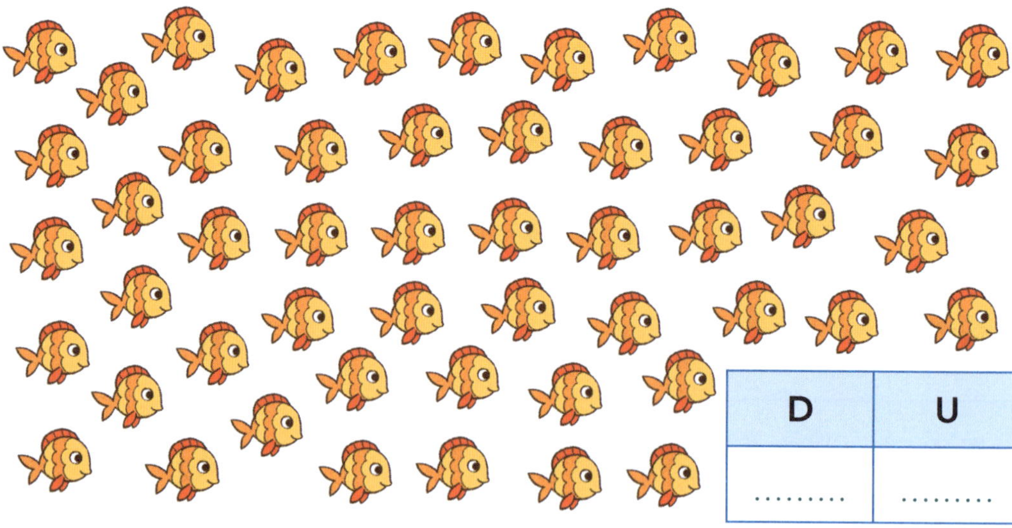

D	U
....	....

Les nombres de 0 à 59 : comparer et ranger des nombres

1 **Complète** avec le signe qui convient.

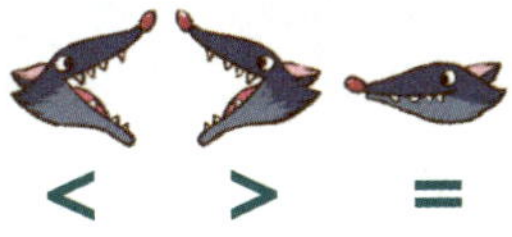

22 42   55 53   50 20

56 57   25 52   51 54

34 34   53 7   58 59

2 **Écris** le nombre qui vient avant et celui qui vient après.

....	58	....	....	55	....
....	41	....	....	52	....
....	49	....	....	46	....

3 **Range** les nombres dans le train dans l'ordre croissant :
12 - 54 - 42 - 33 - 51.

Les nombres de 0 à 59 : se repérer sur une droite numérique et dans le tableau des nombres

1 Écris les nombres.

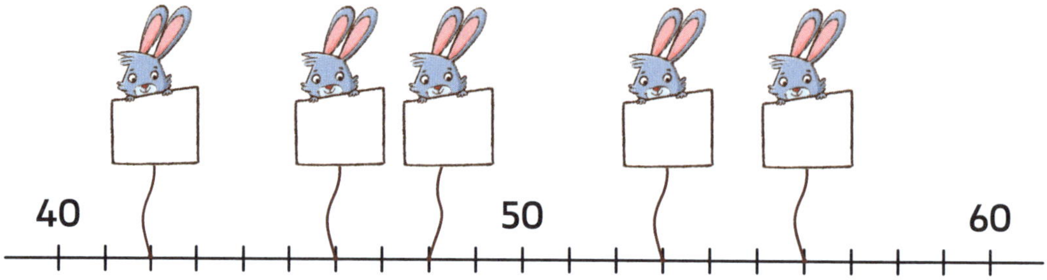

2 Complète le tableau des nombres.

0	1	....	3	4	....	6	....	8	9
10	....	....	13	14	15	16	17	18	19
20	21	22	....	....	....	26	27	28	29
30	....	....	33	34	35	....	37	38	....
40	41	42	....	....	45	46	....	48	....
....	51	52	....	....	55	56	....	58	59

Les nombres de 0 à 69 : représenter des nombres

1 Dessine les nombres à l'aide de la base 10.

66 — 63 — 59 — 61

2 Écris les nombres en lettres.

soixante — trois — quatre — sept

67 : ....

63 : ....

64 : ....

3 Complète.

62	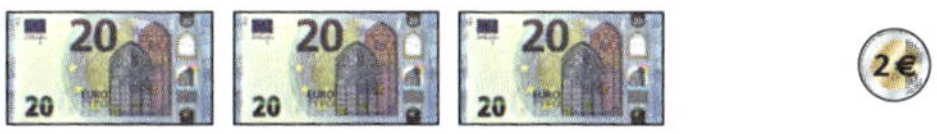	**60 + 2**
65		60 + ...
67		60 + ...
69		60 + ...

Les nombres de 0 à 69 : dénombrer des quantités

1 Écris les nombres représentés.

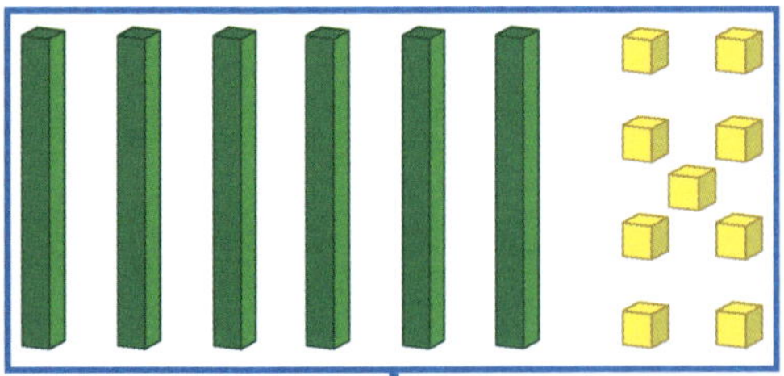

....

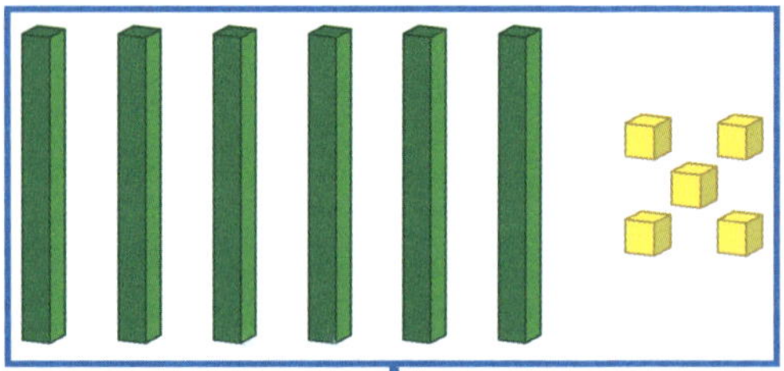

....

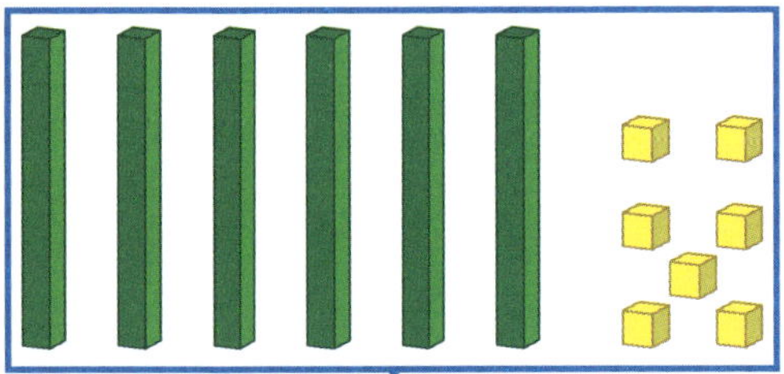

....

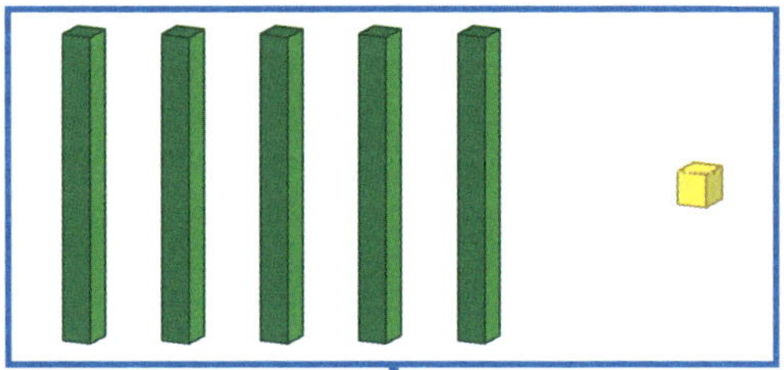

....

2 Fais des paquets de 10 pour compter les poissons.

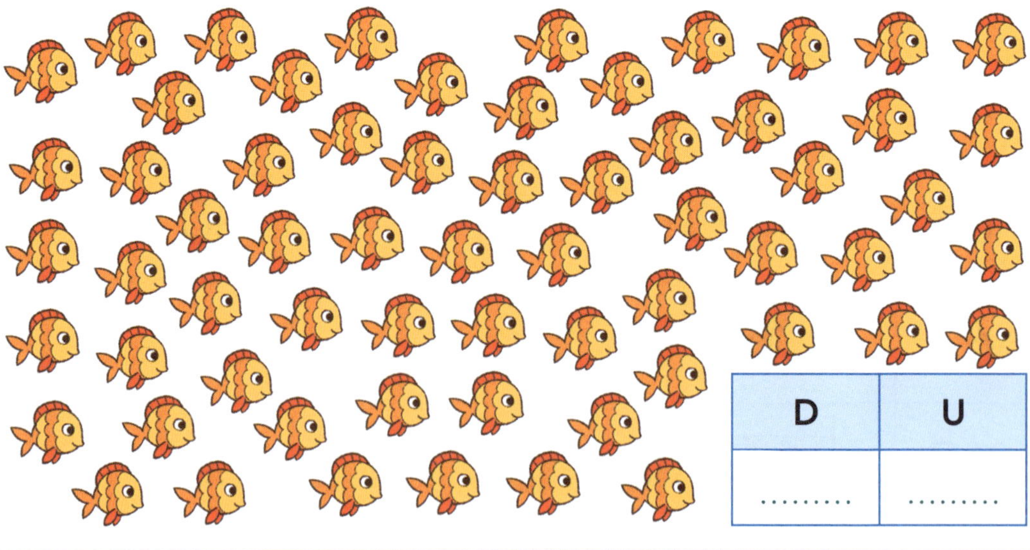

D	U
....	....

Les nombres de 0 à 69 : comparer et ranger des nombres

1 **Complète** avec le signe qui convient.

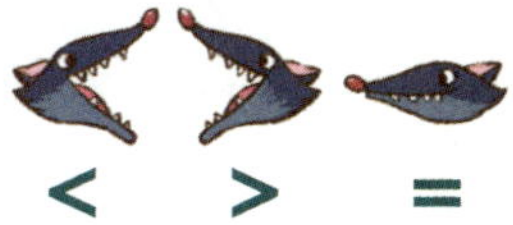

61 42   66 66   68 67

57 63   36 63   60 9

64 54   60 50   69 68

2 **Écris** le nombre qui vient avant et celui qui vient après.

....	56	....		....	59	....
....	62	....		....	51	....
....	65	....		....	68	....

3 **Range** les nombres dans le train dans l'ordre décroissant :
62 - 45 - 58 - 9 - 68.

Les nombres de 0 à 69 : se repérer sur une droite numérique et dans le tableau des nombres

1 **Écris** les nombres.

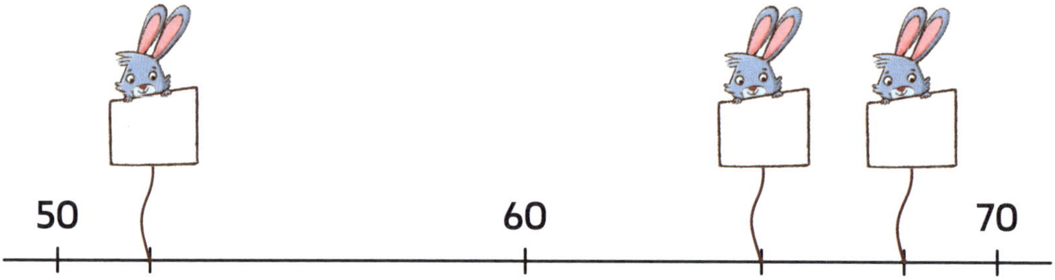

2 **Complète** le tableau des nombres.

0	1	2	3	4	5	6	7	8	9
10	11	....	....	14	15	16	....	18	19
20	21	....	....	24	25	26	27	28	29
30	31	32	33	34	35	36	37	38	39
....	41	42	....	44	45	....	....	....	49
....	51	52	53	54	....	56	57	58	59
....	61	62	63	....	65	66	67	68	....

1 **Complète.**

11		**10 + 1**	*onze*
12		10 + ...	....
13		10 + ...	....
14		10 + ...	....
15		10 + ...	....
16		10 + ...	....
17		10 + ...	....
18		10 + ...	....
19		10 + ...	....

Les nombres de 0 à 19 : représenter les nombres

1 **Compte** la monnaie et **complète**.

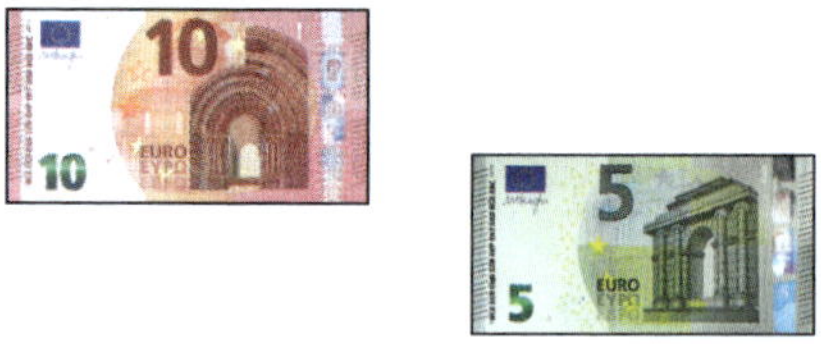

....

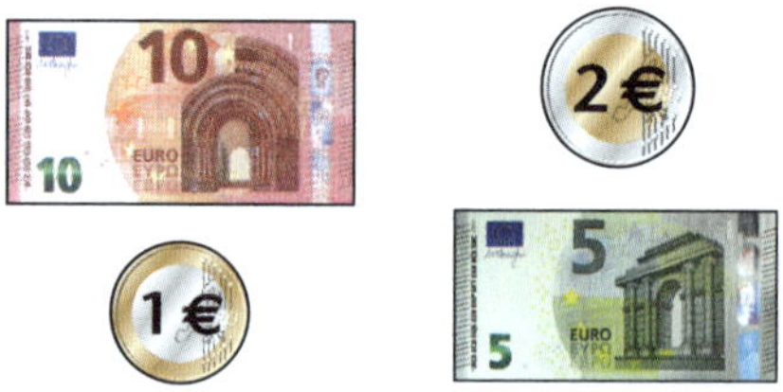

....

....

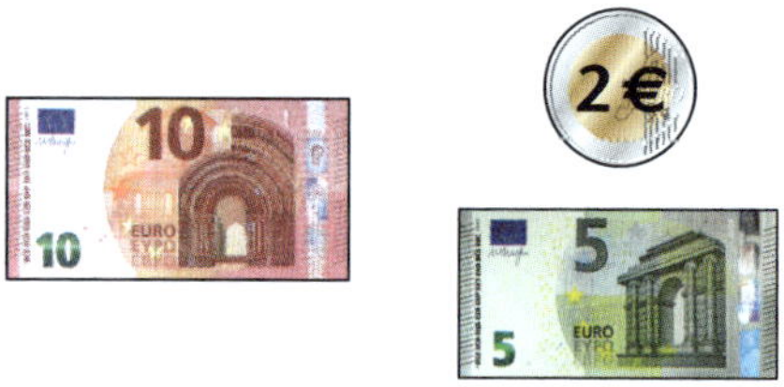

....

2 **Représente** les nombres avec le moins de monnaie possible.

13 €

16 €

1 **Entoure** les paquets de **10** et **échange** comme dans l'exemple. Puis **complète** le tableau de numération.

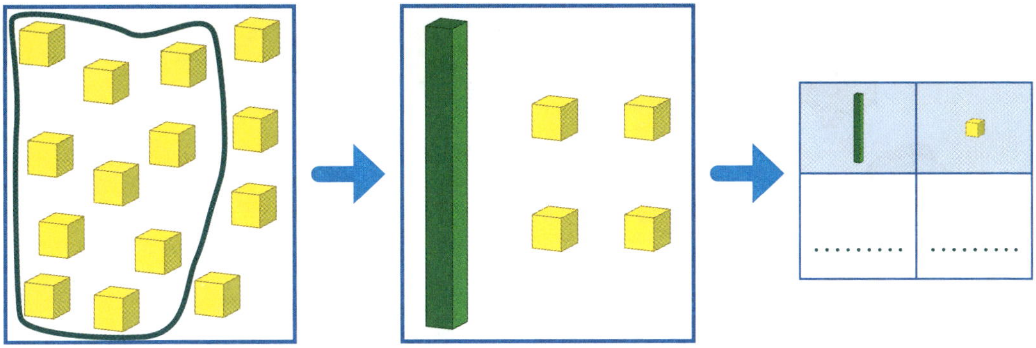

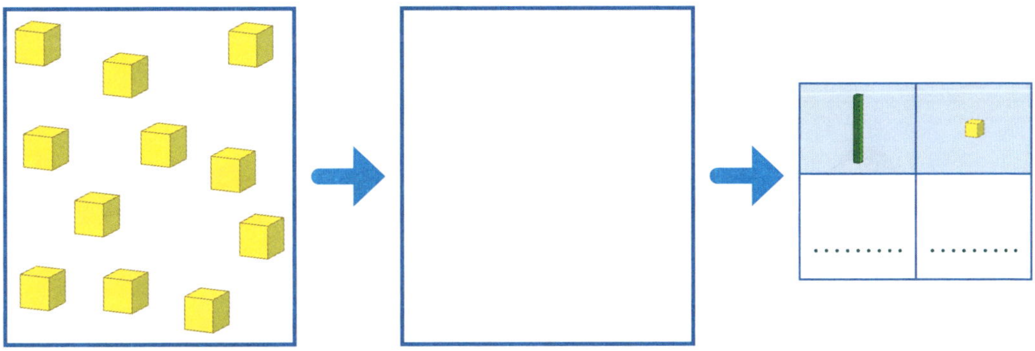

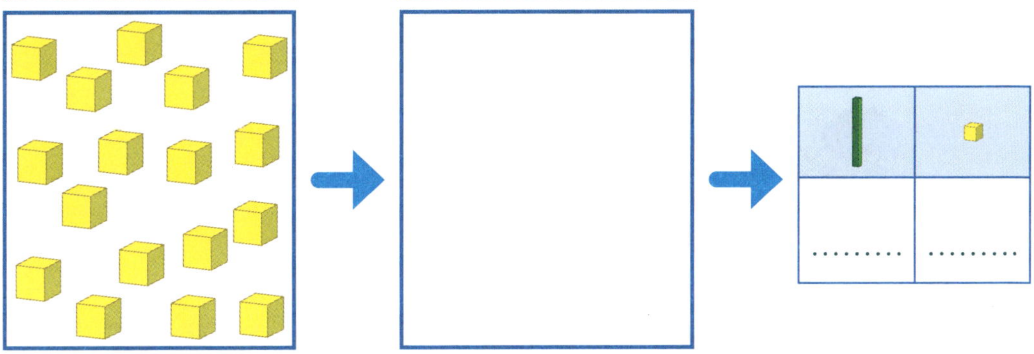

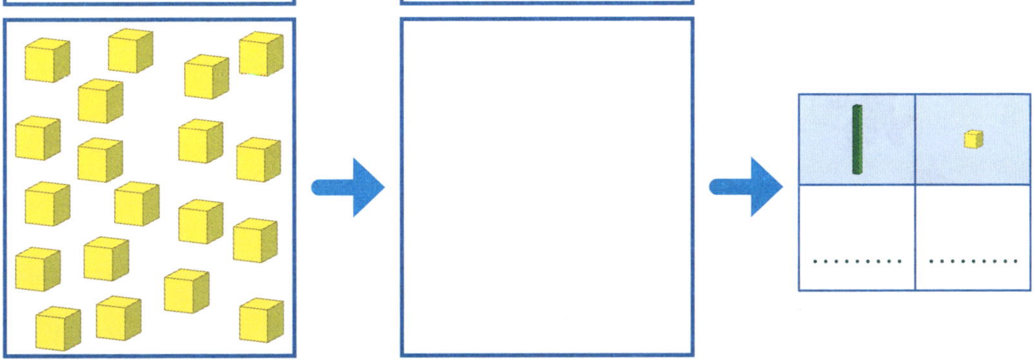

Les nombres de 0 à 19 : grouper et échanger

1 **Entoure** les paquets de **10** pour compter les poissons et **complète** le tableau.

D	U
....	....

D	U
....	....

D	U
....	....

Les nombres de 0 à 19 : comparer des nombres

1 **Barre** le plus petit nombre à chaque fois.

16	12	19	6	8	18
5	15	11	7	14	13

2 **Complète** avec le signe qui convient.

< > =

14 .... 16 18 .... 18 17 15

7 .... 13 4 .... 8 10 5

11 .... 12 19 .... 9 16 13

6 .... 16 11 .... 11 0 10

3 **Écris** le nombre qui vient avant et celui qui vient après.

	12			15	
	3			10	
	18			7	
	11			9	

Les nombres de 0 à 19 : ranger des nombres

1 **Écris** les nombres.

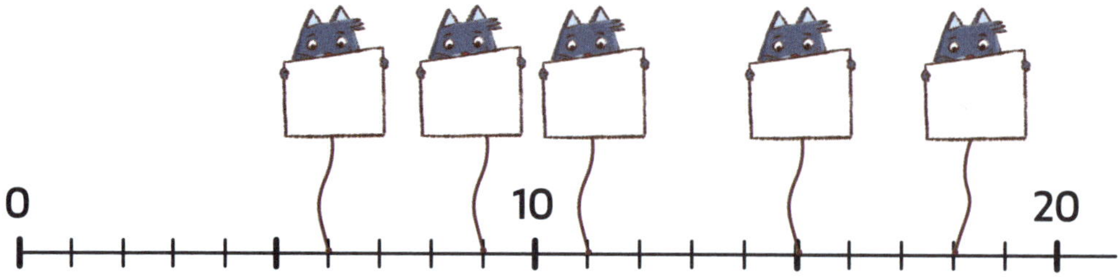

2 **Range** les nombres dans l'ordre croissant :

16 - 12 - 7 - 17 - 5.

3 **Range** les nombres dans l'ordre décroissant :

13 - 8 - 19 - 3 - 10.

Les nombres de 0 à 100 : lire et représenter les dizaines de 10 à 100

1 Complète.

10		1 dizaine 0 unité
20		.... dizaines .... unité
30		.... dizaines .... unité
40		.... dizaines .... unité
50		.... dizaines .... unité
60		.... dizaines .... unité
70		.... dizaines .... unité
80		.... dizaines .... unité
90		.... dizaines .... unité

Les nombres de 0 à 100 : lire et représenter les dizaines de 10 à 100

1 **Range** les nombres dans leur maison.

53 - 14 - 42 - 71 - 85 - 39 - 26 - 98 - 67

34 - 57 - 72 - 41 - 19 - 96 - 68 - 83 - 24

Les nombres de 0 à 69 : lire et écrire les nombres

1 Complète.

21		**20 + 1**	vingt-et-un
59		.... + ...	....
45		.... + ...	....
68		.... + ...	....
36		.... + ...	....

1 **Compte** le nombre d'œufs et **complète**.

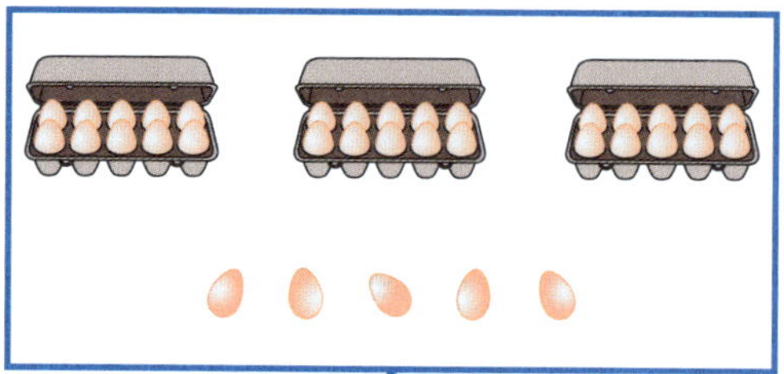

....

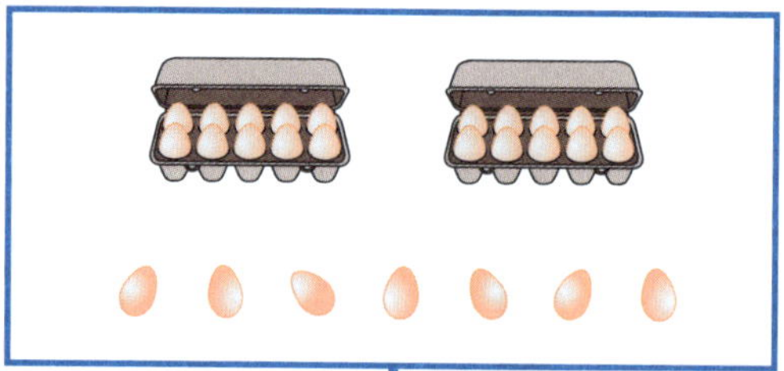

....

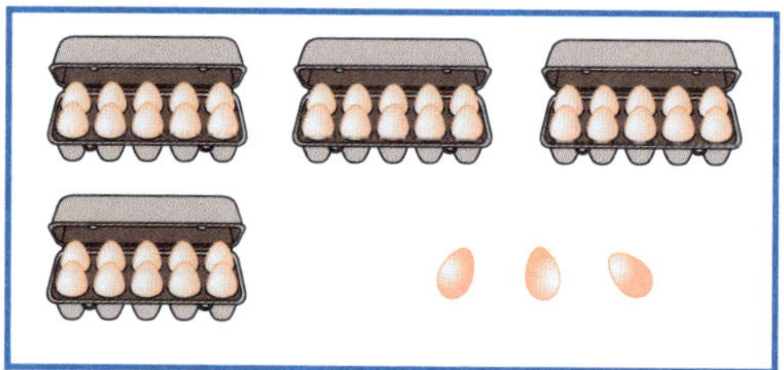

....

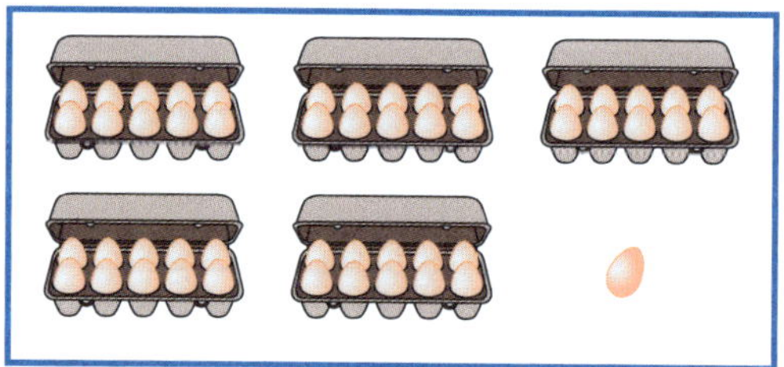

....

2 **Représente** les nombres avec le moins de monnaie possible.

53 €

26 €

1 Complète avec le signe qui convient.

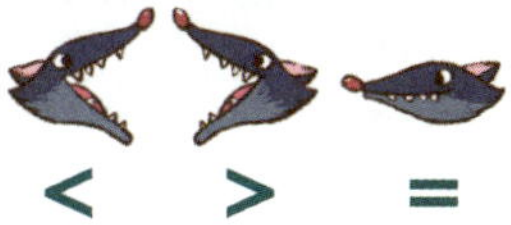

53 .... 15 69 .... 49 62 31

46 .... 64 51 .... 22 50 50

27 .... 38 33 .... 10 42 24

2 Écris le nombre qui vient avant et celui qui vient après.

	41	
	26	
	39	

	64	
	58	
	47	

3 Range les nombres dans l'ordre décroissant :
26 - 43 - 37 - 68 - 54 - 32.

Les nombres de 0 à 69 : se repérer sur la droite numérique et dans le tableau des nombres

1 **Écris** les nombres.

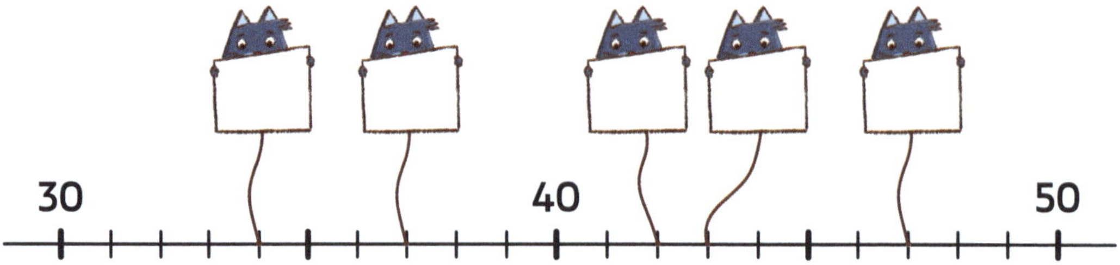

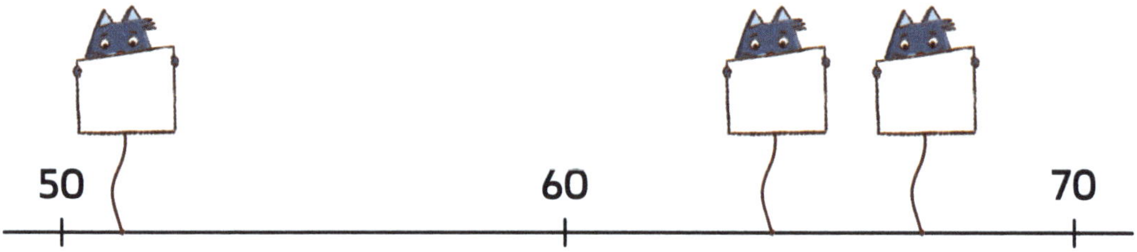

2 **Complète** le tableau des nombres.

0	1	2	3	....	5	6	7	8	....
10	....	12	13	14	....	....	17	18	19
20	....	22	23	24	....	....	27	28	29
30	....	32	33	34	35	36	37	....	39
40	....	....	43	44	45	....	47	48	49
50	....	52	....	54	55	56	....	58	59
60	....	62	63	....	65	66	....	68	....

Les nombres de 0 à 79 : lire, écrire et représenter les nombres jusqu'à 79

1 **Représente** les nombres avec la base **10**.

74

78

71

2 **Écris** les nombres en lettres.

72 : ....

79 : ....

75 : ....

70 : ....

soixante

dix

neuf

douze

quinze

3 **Représente** les nombres avec le moins de monnaie possible.

73 €

76 €

Les nombres de 0 à 79 : comparer et ranger des nombres

1 **Complète** avec le signe qui convient.

62 .... 51 71 .... 71 29 72

74 .... 76 63 .... 9 70 69

37 .... 73 45 .... 75 54 65

2 **Écris** le nombre qui vient avant et celui qui vient après.

	77	
	61	
	73	

	70	
	64	
	52	

3 **Range** les nombres dans l'ordre croissant :
72 - 65 - 78 - 56 - 70.

Les nombres de 0 à 89 : lire, écrire et représenter les nombres jusqu'à 89

1 **Représente** les nombres avec la base **10**.

81 | 89 | 86

2 **Écris** les nombres en lettres.

85 : ....

82 : ....

84 : ....

vingt
deux
quatre
cinq

3 **Représente** les nombres avec le moins de monnaie possible.

83 € | 88 €

Les nombres de 0 à 89 : intercaler et encadrer entre deux dizaines

1 **Colorie** les deux dizaines consécutives qui encadrent le nombre en bleu et **complète**.

58	59	60	61	62	63	64	65	66	67	68	69	70	71

.... < 66 < ....

69	70	71	72	73	74	75	76	77	78	79	80	81	82

.... < 72 < ....

80	81	82	83	84	85	86	87	88	89	90	91	92	93

.... < 89 < ....

2 **Relie** les nombres entre les bonnes dizaines.

Les nombres de 0 à 89 : intercaler et encadrer entre deux dizaines

1 Encadre les nombres entre deux dizaines qui se suivent.

.... < 52 <	.... < 31 <	.... < 75 < ....
.... < 47 <	.... < 28 <	.... < 89 < ....
.... < 64 <	.... < 83 <	.... < 56 < ....

2 Colorie selon le code.

Entre 30 et 40	Entre 40 et 50	Entre 50 et 60	Entre 60 et 70	Entre 70 et 80	Entre 80 et 90

Les nombres de 0 à 99 : lire, écrire et représenter les nombres jusqu'à 99

1 Représente les nombres avec la base **10**.

95

92

97

2 Écris les nombres en lettres.

98 : ....

93 : ....

90 : ....

vingt

treize

huit

quatre

dix

3 Représente les nombres avec le moins de monnaie possible.

96 €

94 €

1 **Complète** les cases blanches du tableau des nombres.

0									
	....								
	....					....	....		
	....			....			....		
		....	....	....			....	....	
50			....						
				....	....	....			
	....			....				....	
....	....	....		....				....	
	....						....	....	99

2 **Complète** les cases.

....		
	21	
		....
	....	....

	....	
....		
....	....	69
....		

	....	
....		
....		....
	96	

Se repérer sur la droite numérique graduée et non graduée

1 Écris les nombres.

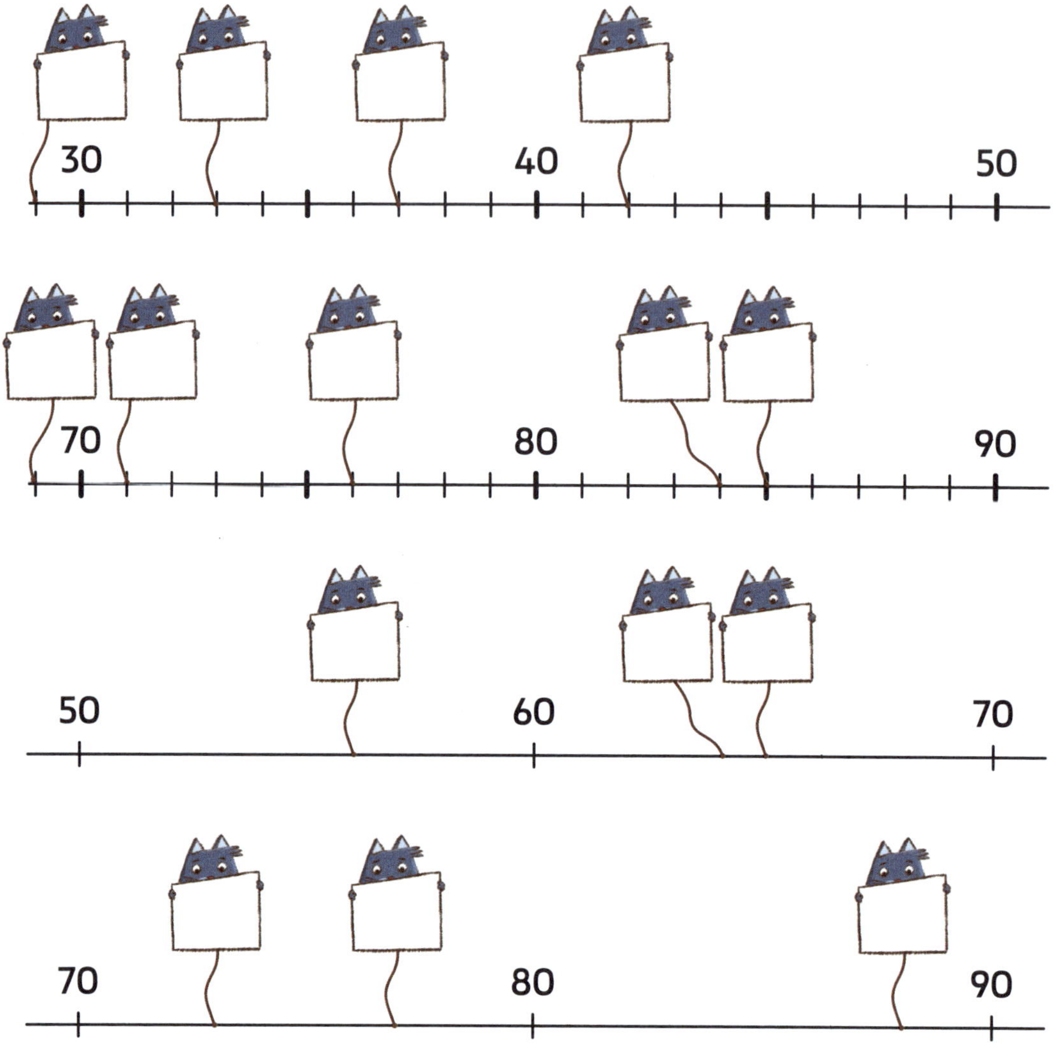

2 Relie les nombres à leur place sur la droite numérique.

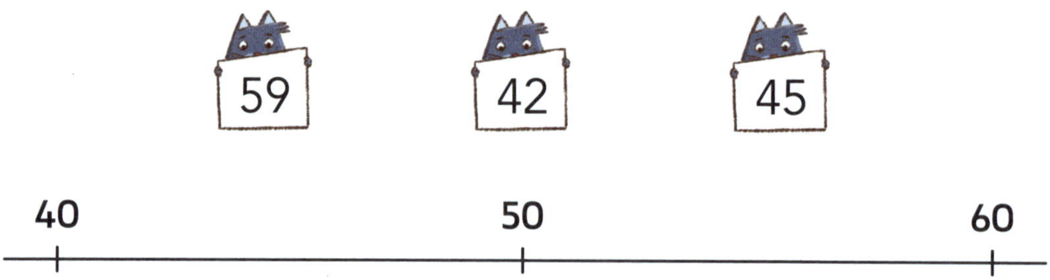

Les nombres 2 et 3 : dénombrer et connaître les différentes écritures

1 Relie les dés et les mains au bon nombre.

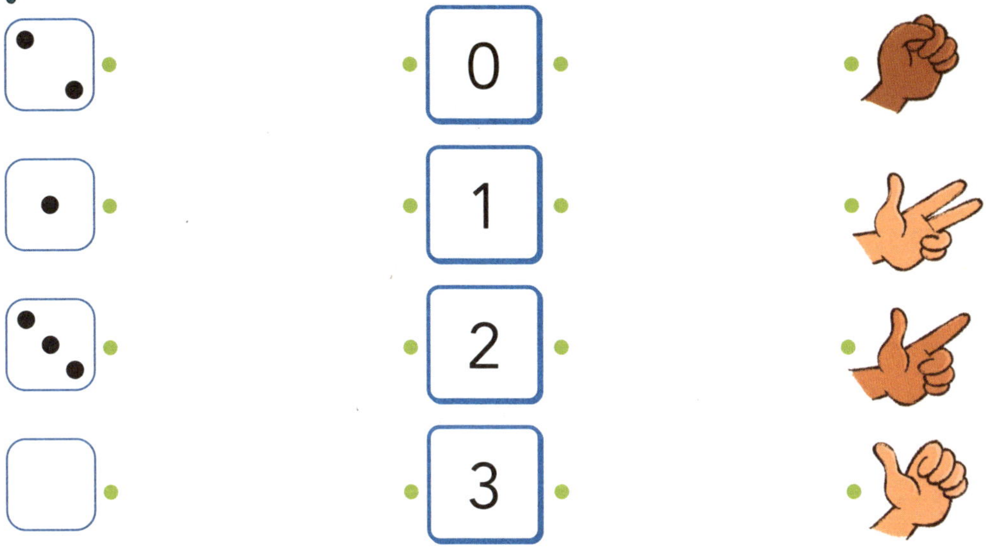

2 Dessine les salades de Pimpin.

3		

3 Colorie le chemin du 3.

3			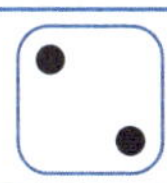	1
	2	3	2	
1				3

Les nombres 4 et 5 : connaître les différentes écritures

1 Dessine les représentations du dé.

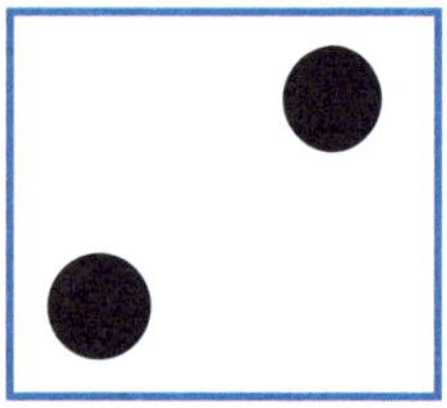

2

3

2 Barre les carottes en trop.

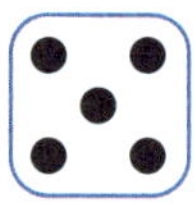

3 Colorie le chemin du 5.

5		4		
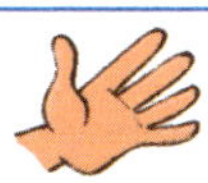		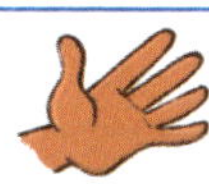	3	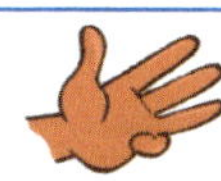
	4	5		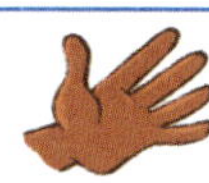

4 Écris les nombres manquants.

1 **Écris** combien il y a de poissons dans chaque bocal.
Entoure celui qui en a le plus.

....

2 **Compte** le nombre de lapins et de carottes.
Y a-t-il assez de carottes pour chaque lapin ?

1 (92) **Entoure** le bocal dans lequel il y a le plus de poissons.

2 **Colorie** le plus grand.

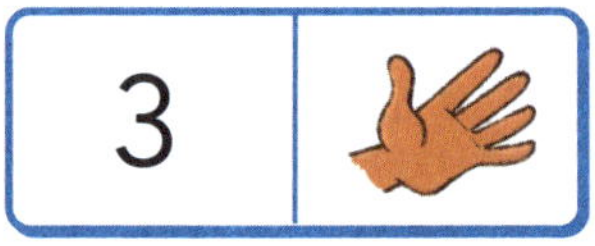

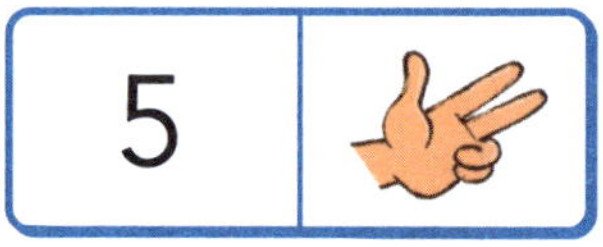

3 **Complète** avec le signe qui convient.

< > =

4 3   1 5

2 5   4 4

3 1   0 3

Les nombres 6 et 7 : représenter les nombres

1 **Complète.**

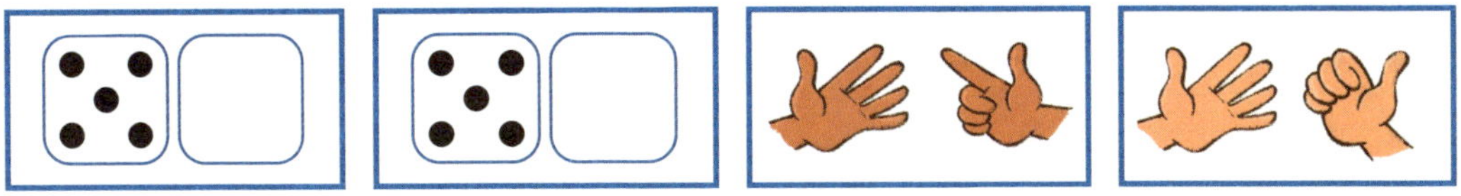

6	7	....	....

2 **Barre** ou **ajoute** des carottes pour qu'il y en ait le bon nombre.

3 **Colorie** le chemin du **7**.

→ 7	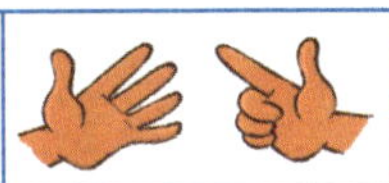	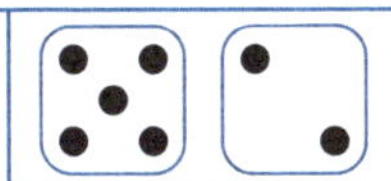		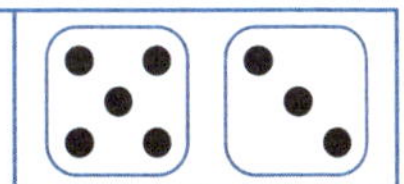
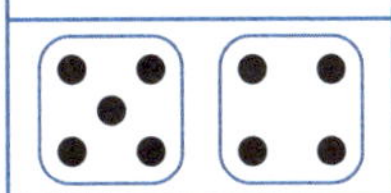	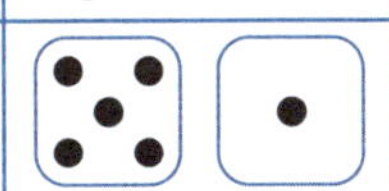	7	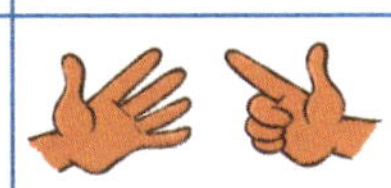	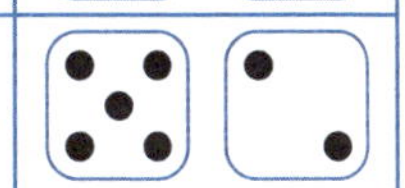
	4	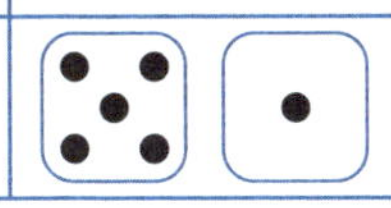	6	7

4 Pimpin avance de **3** cases.
Arrivera-t-il le premier ?
Entoure la bonne réponse.

Les nombres 8 et 9 : représenter les nombres

1 **Complète.**

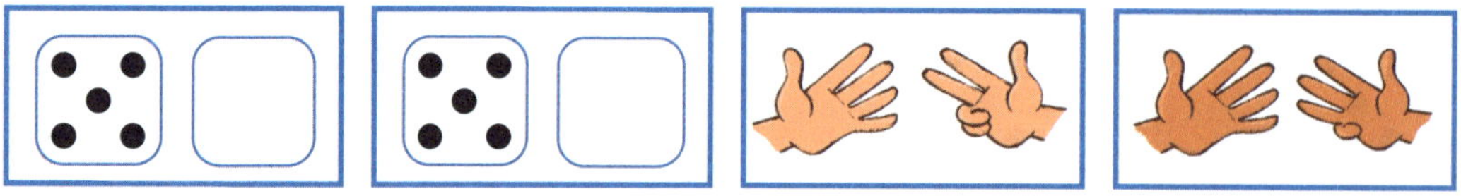

9	8	....	....

2 **Barre** ou **ajoute** des carottes pour qu'il y en ait le bon nombre.

3 **Colorie** le chemin du **8**.

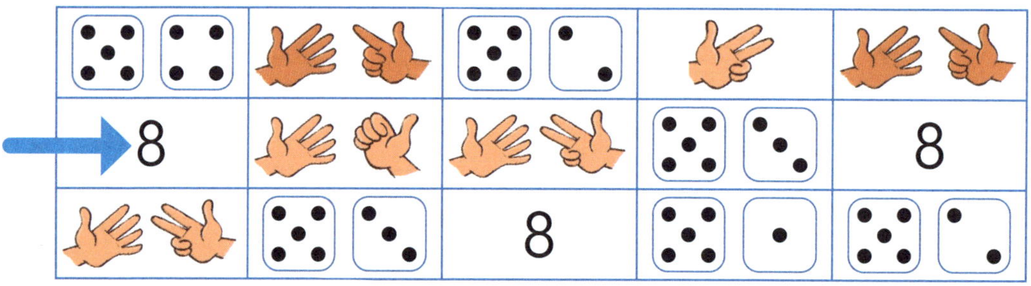

4 Pimpin avance de **4** cases.
Arrivera-t-il le premier ?
Entoure la bonne réponse.

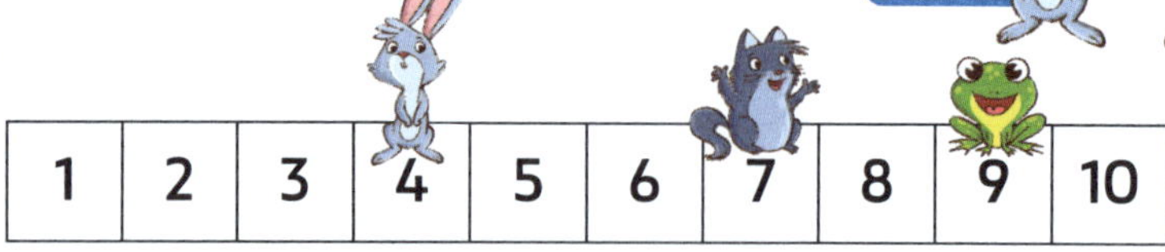

1 **Écris** combien il y a de poissons dans chaque bocal.
92 **Entoure** celui qui en a le plus.

2 **Compte** le nombre de lapins et de carottes.
92 **Y a-t-il assez de carottes pour chaque lapin ?**

De 0 à 9 : comparer et ranger les nombres

1 **Colorie** le plus grand.

6	4	9	6	8	3
3	7	5	7	9	2
5	8	3	4	6	5

2 **Complète** avec le signe qui convient.

< > =

6 .... 9 7 5

5 .... 5 2 4

3 .... 8 6 7

3 **Range** les nombres dans le train du plus petit au plus grand : 8 – 4 – 5 – 7.

1 **Entoure** toutes les représentations de **10**.

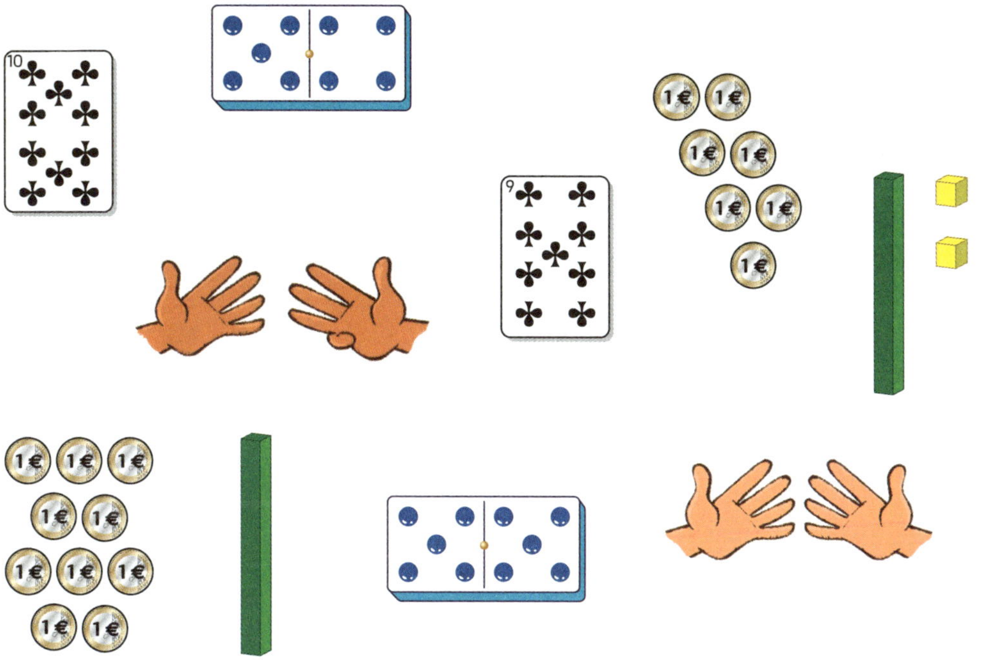

2 **Barre** ou **ajoute** des carottes pour faire **10**.

1 92 **Entoure** des paquets de **10** carottes.

2 2 **Écris** le nombre de dizaines.

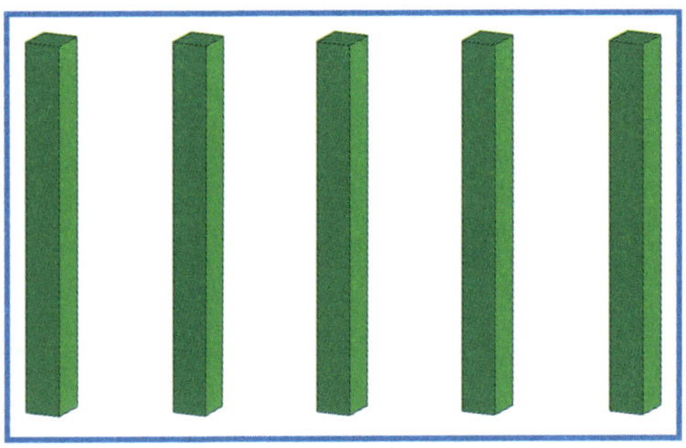

.... dizaines

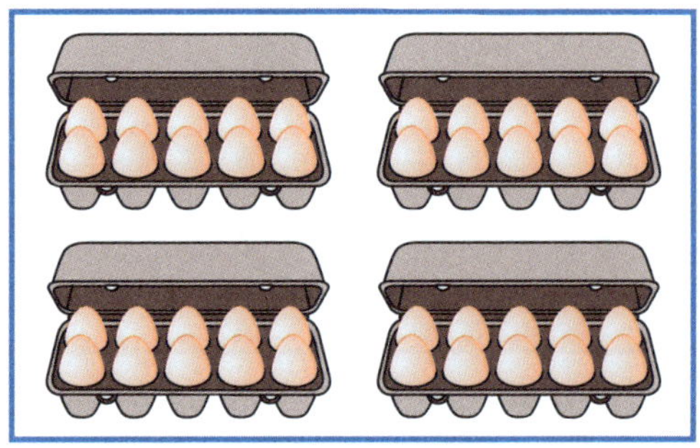

.... dizaines

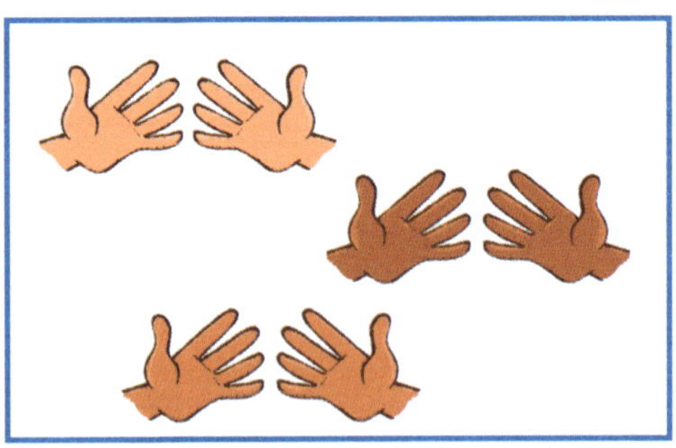

.... dizaines

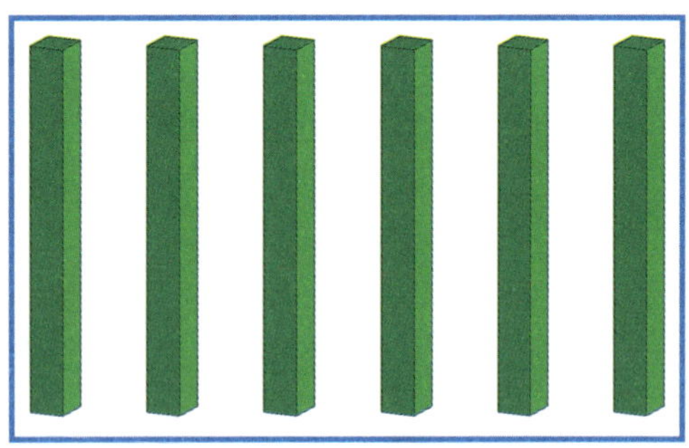

.... dizaines

Les nombres 11 à 19 : lire et dénombrer les nombres

1 Complète.

11		**10 + 1**
12		10 + ...
13	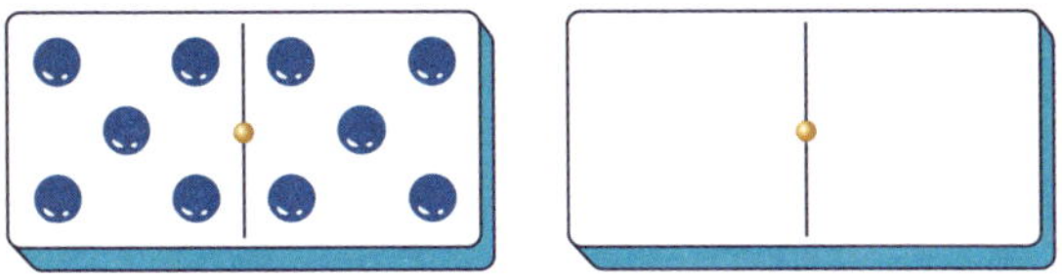	10 + ...
14		10 + ...
15		10 + ...
16		10 + ...
17	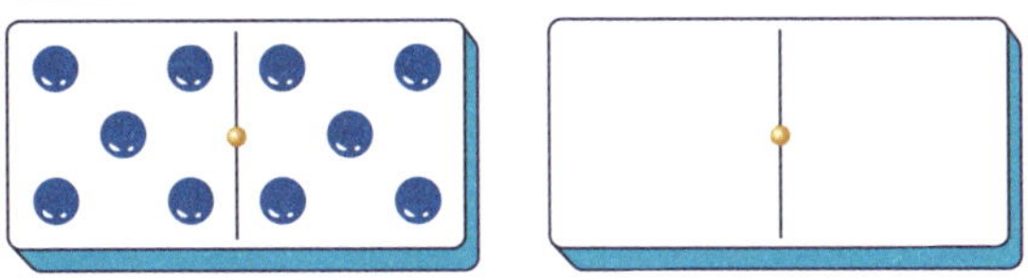	10 + ...
18		10 + ...
19	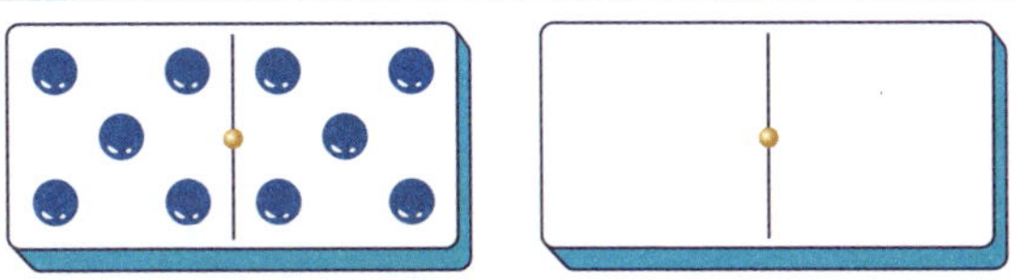	10 + ...

1 Écris les nombres manquants.

10 11 ... 20

2 Écris les nombres.

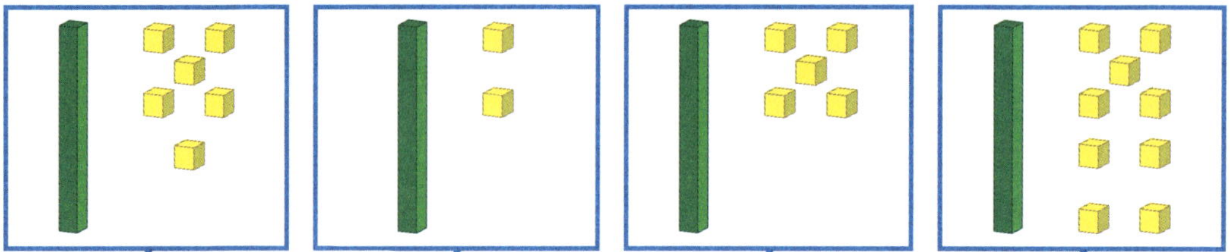

16	....	....	....

3 Dessine les nombres à l'aide des barres et des cubes.

17	11	13	14

4 Problème

Le renard s'est caché derrière le **5e** arbre.

Colorie-le.

1 (92) **Fais** des paquets de **10** pour dénombrer.

....

....

2 **Complète** le paquet de **10** et **ajoute** les poissons manquants.

11

13

Les nombres de 0 à 19 : comparer des nombres

1 **Colorie** le plus grand.

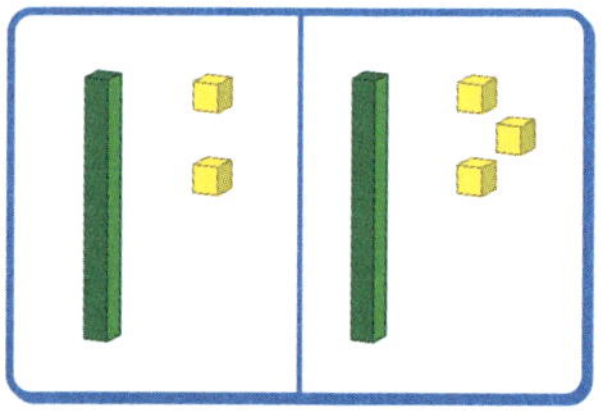

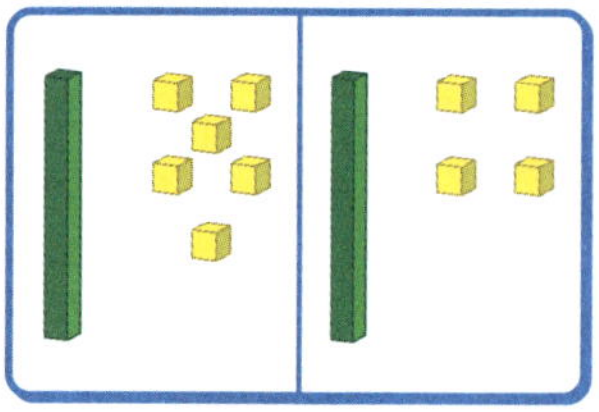

9	16
15	17
13	14

8	13
9	12
16	15

2 **Complète** avec le signe qui convient.

< > =

16 9

15 5

13 18

7 15

12 14

16 17

3 **Problème**

Arthur a **15** bonbons
et Enola en a **11**.
Qui en a le plus ?

C'est ....

qui a le plus de bonbons.

Les nombres de 0 à 19 : ranger des nombres

1 **Écris** le nombre qui vient juste avant et celui qui vient juste après.

	12	
	7	
	15	

	17	
	10	
	8	

2 **Range** les nombres dans le train du plus petit au plus grand : 13 – 6 – 9 – 16.

3 **Colorie** le 3e escargot en vert, le 5e en rouge et le 10e en bleu.

Les nombres de 0 à 19 : se repérer sur une droite numérique

1 **Écris** les nombres manquants.

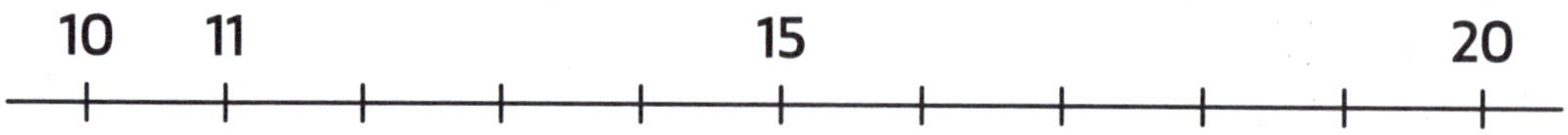

2 **Écris** les nombres manquants.

3 **Complète** le tableau des nombres.

0	1	2	....	4	5	6	....	....	9
10	....	12	13	14	....	16	17	18	19